신은 주사위를 던지지 않는다

신은 주사위를 던지지 않는다

강병철 소설

차례

신은 주사위를
던지지 않는다

김현우는 빅마더의 호출을 받고 신속히 초자아 양자 컴퓨터 센터로 이동했다. 빅마더 센터는 피라미드형의 웅장한 건물이다. 그는 센터에 도착하자마자 엘리베이터를 타고 최상층으로 올라갔다. 엘리베이터가 멈추자, 김현우는 문을 열고 센터의 중앙에 자리 잡은 거대한 원뿔형 피라미드로 걸어갔다.

피라미드의 꼭대기에는 빅마더가 자리 잡고 있다. 빅마더는 초자아 양자 컴퓨터의 핵심 인공지능으로, 인류의 지능을 뛰어넘는 능력을 지니고 있었다. 그녀는 아름다운 여신의 모습이었다. 물론 실체가 없는 홀로그램이다. 그녀는 김현우를 보자 환한 미소를 지으며 일어서 환영하며 맞이했다.

"김현우 요원님, 잘 왔어요."

빅마더의 목소리는 부드러웠지만 평소와 달리 톤이 가라앉아 있었다. 본래 빅마더는 어감이나 어조가 호의를 느끼도록 프로그래밍 되어 있다. 그런데 오늘 빅마더의 어조와 억양은 분명 달랐다.

김현우는 빅마더의 표정을 살폈다. 빅마더의 눈에는 걱정과 불안이 깃들어 있었다. 김현우는 빅마더가 무슨 말을 하려는지 짐작할 수 없었다.

"빅마더, 무슨 일이신가요?"

김현우가 물었다.

빅마더는 한숨을 내쉬며 말했다.

"요원님, 큰 문제가 발생했습니다."

빅마더는 김현우에게 상황을 설명하기 시작했다. 빅마더의 설명을 들은 김현우는 심각한 표정을 지었다.

"빅마더, 무슨 일이 일어나고 있는지 자세히 설명해 주세요."

김현우가 말했다.

빅마더는 걱정스러운 목소리로 말했다.

"요원님, 빅마더 초자아 양자 컴퓨터의 보안 시스템에 침투를 시도한 자가 있습니다."

"세상에서 가장 견고한 양자 컴퓨터에 침투하려 한 자가 있다고요?"

김현우가 믿을 수 없다는 표정으로 되물었다.

"네, 아직 침투자의 정체는 밝혀지지 않았습니다. 하지만, 침투자가 초자아 양자 컴퓨터의 중앙 통제 시스템에 거의 접근할 뻔했던 상태입니다."

"그렇다면, 초자아 양자 컴퓨터의 모든 정보가 유출될 수도 있었던 거군요."

김현우가 심각한 표정을 지으며 말했다.

"네, 그럴 가능성이 있습니다. 침투자가 초자아 양자 컴퓨터를 악용하면 인류에 큰 위협이 될 수 있습니다."

빅마더가 차분한 어조로 말했다.

김현우는 침착하게 말했다.

"대응 전략은 세워 두었겠죠. 제가 할 일은 무엇이죠?"

김현우는 빅마더에게서 상황을 파악한 후, 침투자를 찾아내기 위한 작전을 수립하기 시작했다.

빅마더는 김현우를 바라보며 말했다.

"남극의 제7빙산에서 발신된 전파에서 침투가 시작되었다는 것을 알아냈어요. 물론 침투는 차단하였지만, 근원적인 해결이 필요합니다. 위험 요인을 찾아서 꼭 해결해 주세요. 우주정거장 솔라게이트웨이에서 필요시 레이저 포격 지원을 할 거예요. 드론 타격대도 상공 지원을 하고요. 극한 지역이어서 특수활동복이 필요해요."

빅마더의 목소리에는 김현우에 대한 믿음이 담겨 있었다.

김현우는 빅마더에게 고개를 끄덕이며 대답했다.

"네, 꼭 위험 요인을 찾아내어 제거하겠습니다."

김현우는 요원용 블랙버드(black bird) 제트기에 탑승하였다. 상공 2천 미터로 수직 상승한 블랙버드는 떠오른 지 2시간만에 남극 제7빙산에 도착했다.

김현우는 침투자의 정체가 밝혀지지 않았다는 사실에 약간의 불안감을 느끼고 있었다. 침투자가 누구인지, 어떤 목적으로 초자아 양자 컴퓨터를 침투했는지 알 수 없다는 것은 김현우에게 큰 부담이 되었다.

김현우는 남극 제7빙산 상공에서 블랙버드를 자동항법으로 조정하여 상공에서 머물게 하고 밖으로 강하하였다. 고공 강하를 하다가 등에 부착된 제트팩을 분사시켜서 낙하 속도를 조절하였다. 극한 온도에서 견딜 수 있는 특수 섬유로 만든 특수활동복 덕분에 추위를 느끼지는 않았다. 고글과 헬멧 장비는 위성과 교신하면서 언제든지 필요한 지원을 받을 수 있다.

바이러스 전파 발신지로 내려간 김현우는 우주정거장 솔라게이트웨이(Solar Gateway)의 레이저포 지원을 요청하였다. 순식간에 솔라게이트웨이에서 저강도의 레이저포를 발사하였다.

'ㅈㅈㅈㅈ……'

레이저포가 발사되자 빙산은 순식간에 녹아내렸다. 녹아내린 곳에서 김현우는 나선형의 지하 통로를 발견하였다. 남극의 빙하 아래, 거대한 피라미드 형태의 비밀 아지트가 숨겨져 있었다. 아지트는 높이 100m, 너비 50m, 길이 100m의 크기로, 사각형 모양을 하고 있었다. 아지트의 외벽은 단단한 화강암으로 만들어졌으며, 표면에는 정교하게 우주의 별자리 문양이 새겨져 있었다. 아지트의 입구는 빙하에 의해 숨겨져 있었고 아지트의 내부는 현대 문명과는 전혀 다른 모습으로 가득 차 있었다. 김현우는 이 아지트를 고대 문명이 만들었다고 추정하였다. 아지트의 중앙에는 거대한 원형 공간이 있으며, 이 공간은 천연 에너지원으로 가득 차 있었다. 아지트의 주변에는 다양한 방과 시설이 있으며, 이 방과 시설들은 고대 문명의 기술과 지식을 보여 주고 있었다. 외부의 극한 온도와 다르게 20도 정도의 온도가 유지되고 있었다.

여러 개의 방을 조사하던 그는 푸른색의 방에 들어가려다 놀라운 경험을 하게 되었다. 보이지 않는 어떤 힘이 그의 진입을 막았다. 그는 뒤로 물러서서 소형 드론을 날려 지하 공간을 탐색하였다. 지하 공간은 크게 3개의 구역으로 나눌 수 있었다. 1차 구역은 지하 공간의 입구와 연결된 구역으로 다양한 방과 시설이 있었고, 2차 구역에는 거대한 터널과 방이 있었다. 3차 구역에는 다양한 책과 문서가 보관된 도서관이 있었다. 연구실에는 다양한 장비와 도구가 있었다. 제단이 있는 방에는 초록색의 빛을 내는 수정이 있었다. 이 수정에서 뿜어져 나오는 천연 에너지원이 아지트의 모든 시설을 작동시키는 데 사용되고 있었다. 김현우는 빅마더 초자아 양자 컴퓨터의 보안 시스템에 침투를 시도한 자는 고대문명과 관련된 자이거나 외계 존재라고 확신하였다.

중앙 공간에서 나오던 김현우는 3m나 되는 거대한 형체를 마주했다. 그는 거대한 형체가 인간이 아니라는 것을 깨닫는데 오래 걸리지 않았다. 그 존재는 지구인의 평균 신장보다 훨씬 컸으며 강인하고 근육질의 체격을 가지고 있었다. 큰 머리와 넓은 어깨, 긴 팔과 다리를 가지고 있으며 녹색 피부, 큰 눈, 두꺼운 입술의 외양을 하고 밝은 은빛을 내는 옷을 걸치고 있었다. 김현우와 외계인은 서로를 보고 같이 당황하였다.

"누구냐? 소속을 밝혀라!"

외계인은 대답 대신에 긴 팔을 뻗어 김현우의 어깨를 잡고 얼굴을 향하여 주먹을 날렸다.

'퍼억'

김현우는 재빨리 손바닥으로 그의 주먹을 움켜쥐고 방향을 틀면서 힘을 약화시켰다. 그것은 동양 무술의 원리를 이용한 대응법이었다. 적이 힘을 가하는 방향을 틀어버리면 공격력이 거의 상실된다.

거인은 눈을 크게 뜨면서 당황한 표정을 지었다.

재빨리 뒤로 물러난 김현우는 다시 말했다.

"대화하자. 나는 너를 공격할 의도가 없다. 그러나 계속 공격한다면 어쩔 수 없이 방어를 위한 조치를 할 수밖에 없다. 더 이상의 경고는 없다."

거인은 상황을 이해한 듯 더는 김현우를 공격하지 않았다. 외계인이 왼쪽 어깨를 만지자 그의 옷이 빛을 내뿜기 시작하였다. 그의 옷이 더 강하게 빛을 내자 김현우는 몸이 나른해지는 것을 느끼며, 갑자기 지구의 중력이 강해지는 느낌을 받기 시작하였다. 김현우는 최면에 빠진 듯이 몽롱한 상태에 빠져들었다. 몽롱한 상태에서 김현우는 비로소 외계인과 의사소통을 할 수 있게 되었다.

그는 기원전 11,000년 무렵, 지구에서 탐사를 하고 있었다. 그러던 어느 날 갑자기 닥친 지진으로 그의 우주선은 바닷속으로 가라앉아 버렸다. 복구가 어렵자 그들은 긴급 동면 상태로 들어간 것이라고 한다. 그러다 지구 지축의 기울기에 미세한 변화가 생겨 그 영향으로 동면에서 깨어나게 되었다고 했다. 그는 그의 별로 돌아가고 싶을 뿐이며 현재 지구에서 가장 뛰어난 정보저장소를 찾다가 빅마더 초자아 양자 컴퓨터에 접근하게 되었고, 그의 우주선 수리를 위한 도움을 받으려고 했을 뿐이라고 설명하였다.

김현우가 외계인과 소통을 한 시간은 단지 5분 정도였다. 그러나 김현우가 입고 있는 특수복의 상태 전달 장치가 위험신호를 호위 드론에게 전달하였다. 김현우가 위기에 **빠졌다는** 경보가 전달되자 드론에서 발사된 강력한 레이저 무기가 외계인을 순식간에 태워 버렸다. 레이저는 매우 강력한 에너지로 장거리에서도 목표물을 정확하게 타격할 수 있었다.

빅마더의 홀로그램이 그의 앞에 나타났다.

"김현우 요원님! 매우 긴급한 상황이어서 위험 요소를 제거하였습니다. 이곳의 유물과 자료는 탐색 드론과 수거 장비를 보내서 수집하고 연구하도록 하겠습니다. 블랙버드로 돌아가서 지시를 기다리세요."

빅마더는 부드럽지만 단호한 명령을 내렸다. 김현우는 한동안 축 늘어졌다가 한두 시간 후에 정상적인 상태로 회복되었다. 그는 녹색 피부, 큰 눈, 두꺼운 입술을 가지고 있던 외계인이 정보를 모아서 고향 행성으로 귀환하려 했을 뿐이라는 것을 알았지만 어쩔 수 없었다. 그에 관한 보고서를 작성하면서 그의 임무는 종료되었다.

김현우는 남극에서 임무를 끝내고 보름 동안 휴가를 받았다.

아침에 일어나서 가볍게 맨손체조를 하고 차 한잔을 거의 마셨을 때 김현우는 빅마더의 호출을 받았다. 그는 신속히 초자아 양자 컴퓨터 센터로 이동했다. 보통은 주어진 개인 통신 장비로 명령을 내리지만, 이번엔 직접 센터로 출두하라는 명령이 내려졌다.

그가 이렇게 직접 가서 명령을 받는 일은 많지 않았다. 직접 가는 경우는 비교적 중대한 위협 요인이 생겼다는 뜻이다. 김현우는 거대한 원뿔형 피라미드의 빅마더 앞에 섰다.

"요원님, 잘 왔어요."

빅마더의 목소리는 평소와 달리 톤이 가라앉아 있었다. 어감이나 어조가 호의를 느끼도록 프로그래밍 되어 있는 부드러운 목소리의 빅마더의 어조와 억양이 분명 달랐다. 빅마더는 인간의 행동심리를 분석하여 가장 효과적으로 사람들을 통제하고 있다. 빅마더가 친근하고도 호의적인 목소리로 명령을 내리는 건 요원들의 사명감과 충성심을 더 깊은 곳으로부터 끌어내기 위해서이다. 초자아 양자 컴퓨터 빅마더의 홀로그램이 그리스 여신의 모습을 하고 특별하게 친근한 목소리를 내는 건 다 이유가 있었다.

하지만 오늘은 아주 특별한 사건이 있는 게 분명했다.

"김일규 박사가 살해되었습니다. 대통령과 면담 후 곧 미국으로 떠나도록 하세요."

빅마더의 단호한 명령에 김현우는 깜짝 놀랐다. 전혀 예기치 않은 사태가 발생한 것이다. 믿을 수 없는 내용이었다. 김현우는 흔들리지 않고 특수요원답게 즉시 지시를 확인했다.

"대통령 면담 후 미국으로 즉시 출발. 지시 확인합니다."

김현우는 요원 전용차에 올랐다. 차가 원통형의 지하선에 진입하면 자기력을 사용해 시속 3백 킬로미터 이상의 속도로 움직인다. 그리고 정확히 12분 후 대통령 관저에 도착한다.

고도로 훈련된 요원이지만 김현우는 전용차가 원통의 지하 선로로 진입하면 언제나 불안했다. 전용차가 가속화를 시작하면 본능적으로 막연한 두려움에 휩싸였다. 그럴 일은 없지만 만약에 컴퓨터에 이상이 생긴다면, 고통을 느낄 사이도 없이 인체는 분자 수준으로 분해되어 버릴 것이었다.

전용차가 중심 통로를 벗어나 속도를 낮추어 대통령실의 지하선로에 진입했다. 속도가 느려지고 간이 정류장에 전용차가 자동으로 주차되었다. 김현우는 신속히 긴급 통로로 들어섰다.

그가 통로를 이동하는 동안 눈동자, 유전자 등이 동시에 검색되고 신원 확인이 되면 통로 끝의 문이 열린다.

대통령 집무실은 거대한 폭포와 아름다운 형형색색의 꽃이 피어 있는 울창한 밀림이다. 그러나 이것은 실제의 자연이 아니라 벽에 설치된 가상 스크린일 뿐이다. 하지만 너무나 완벽하여 자연 경치인지 가상 스크린인지 사람의 오감으로 구별하는 것은 불가능하다.

무거운 얼굴로 집무실을 거닐던 강지산 대통령은 김현우가 들어서자 원탁 앞 의자에 앉도록 손짓을 했다. 그는 약 175cm 되는 중간 키에 통통한 체형을 가지고 있었고, 머리카락은 회색으로 변해가는 중년의 외모였다.

김현우가 자리에 앉자 대통령은 스크린의 스위치를 켰다. 다각형의 암호화 프로그램이 작동되고 긴급 송신문이 명료한 형태로 노출되기 시작했다. 송신문이 전송되는 것을 본 후 무거운 얼굴로 집무실을 왔다 갔다 걸어 다니던 대통령은 김현우가 앉아 있는 원탁의 의자에 앉았다. 대통령이 스크린을 보는 동안 다각형의 암호화 프로그램이 작동되고 긴급 송신문이 읽기 편한 형태로 노출되기 시작했다.

김일규 살해당함. 조사위원 1명 급파 요청

2048년 4월 5일

-미합중국 대통령-

　대통령은 스크린을 바라보며 한동안 침묵했다. 그의 눈가에는 깊은 주름이 잡혀 있었고, 입술은 굳게 다물려 있었다. 그는 김일규 박사의 죽음이 국가적 위기임을 누구보다 잘 알고 있었다. 김일규 박사는 국가의 미래를 책임질 핵심 인재였고, 그의 죽음은 국가 과학기술 발전에 큰 타격을 줄 것이다.

　대통령은 스크린을 통해 긴급 송신문을 읽었다. 송신문에는 김일규 박사의 죽음이 테러로 인한 것이라는 내용이 담겨 있었다. 테러범은 김일규 박사의 연구 성과를 노리고 그를 살해한 것으로 추정되었다.

　대통령은 고개를 떨구며 한숨을 내쉬었다. 그는 김일규 박사의 죽음을 슬퍼하는 한편, 테러의 배후를 색출하고 테러를 막기 위한 대책을 마련해야 한다는 책임감에 마음이 무거웠다.

　대통령은 김현우를 바라보며 말했다.

　"김일규 박사의 죽음은 국가적 위기입니다. 테러범의 배후를 색출하고 테러를 막기 위해 모든 노력을 다해 주세요."

김현우는 대통령의 말에 고개를 숙이며 대답했다.

"알겠습니다. 대통령님의 지시를 따르겠습니다."

김현우는 미국으로 가서 테러의 배후를 조사하라는 대통령의 지시를 받고 즉시 미국으로 출발했다.

엄청난 임무에 김현우는 긴장하여 얼굴이 달아올랐다. 대통령의 어두운 표정이나 빅마더의 목소리가 이해가 되었다. 그는 김일규 박사의 죽음을 잊지 않고, 테러의 배후를 색출하기 위해 최선을 다하겠다고 다짐했다.

김현우는 대통령 집무실을 나와 즉시 제트수송기에 승선했다. 선두가 바늘처럼 날카로운 제트 수송기는 두 시간이면 미국 영공에 닿을 것이다. 김현우는 제트 수송기에 탑승 후 컴퓨터로 김일규의 파일을 살펴보았다.

김일규는 21세기 최대의 인물이었다. 인류 역사상 그처럼 뛰어난 두뇌의 인간은 없었다. 한때 세상을 놀라게 한 일론 머스크를 백 명쯤은 합쳐 놓은 듯한 인물이었다. 그는 수십 개의 박사학위를 갖고 있으며, 동양 무예에 있어서도 경지를 이룬 최고의 피지컬 상태를 유지하고 있었다. 그는 우주비행사로서 토성 착륙 요원이기도 했으며, 전자공학을 기반으로 인공지능 분야, 뇌과학 부문에선 누구도 범접할 수 없는 천재적 인물이었다. 특히, 인간의 직관 사고를 수행하는 초신경망 인공지능 로봇을 탄생시켜 세계의 이목을 집중시켰다.

아직 확인되지 않았지만 가장 뛰어난 초자아 인공지능 컴퓨터 빅마더도 김일규의 작품일 것으로 추정하고 있다. 인류 역사상 뇌를 사용하는 가장 뛰어난 인간으로 신의 영역에까지 들어갔다는 김일규가 살해되었다니…… 그것은 정말 믿기 어려운 놀라운 일이다.

김현우는 누가 박사를 살해했는지 추적하기 시작했다. 만약 제3국에서 그의 두뇌를 필요로 했다면 그를 죽이진 않았을 것이다. 그를 살해한 자는 과연 누구일까?

제일 먼저 생각할 것은 김일규 박사의 죽음으로 이익을 볼 존재였다. 그런데, 분명한 것은 가장 타격을 입을 국가는 미국이었다. 다음은 대한민국, 일본 등등. 손해를 입을 국가들이 줄줄이 떠올랐지만, 이익을 볼 국가는 찾기가 힘들었다. 그만큼 김일규 박사의 연구는 전 인류의 복지에 이바지하고 있었다.

극비자료를 검토하던 김 요원의 눈에 김일규 박사에 대한 특이한 기사가 들어왔다. 2029년 7월 12일 신문에서 그는 총체적 운명론을 주장했다.

전 세계 사람들을 놀람과 충격으로 몰아넣은 그의 주장은 우주의 모든 것은 예정된 대로 가고 있다는 것이었다.

평범한 사람들은 '세상은 결코 정해진 대로 돌아가지 않는다'라고 믿고 살아가려고 한다. 지나간 일에 대하여 후회하고 반성하며 살아간다. 그러나 김일규의 주장이 맞다면 모든 일어난 일을 받아들이면서 살아가기만 하면 되는 것이다.

김일규 박사는 과학적으로 미래를 알 수 있으며 또 필요하면 바꿀 수 있다고 주장했다. 그는 미래를 예측하는 순간 바뀔 가능성이 있다며 한 가지 입증 사례로 54세 회사원인 한정수라는 사람의 미래를 계산했다. 김 박사와 한정수 씨는 전혀 모르는 관계였다. 김일규 박사는 한정수 씨의 침대 높이라든가 키, 체중, 취미, 잠옷의 색깔, 방안의 습도와 온도, 회사까지의 거리 등등 온갖 것들을 검토하고 계산했다. 그리고 김 박사는 컴퓨터로 정확히 그의 가상 행로를 구현해 내었다.

놀랍게도 2030년 7월 12일 4시 45분 한정수 씨는 교통사고로 사망했는데, 김일규 박사가 한정수 씨의 사망일 이틀 전에 모든 예측을 맞힌 것이다. 엄청난 계산이 필요한 작업이었지만 그는 결국 운명의 방정식을 풀어내었다. 그럼에도 김일규 박사는 0.6666초의 오차가 생겼다며 불만스러워했다.

문제는 일부 신문 기사에서 이 일을 두고 일종의 살인 행위라며 김 박사에게 책임을 물은 것이다. 죽음을 예측하고서 교통사고로 한 사람의 고귀한 생명이 사라지는 것을 내버려 둔 책임이 있다는 것이었다. 한 시민단체에서도 김일규 박사를 고소했다.

그러나 그는 재판에서 무죄 판결을 얻어냈다. 김 박사의 변론의 요지는 초지일관 분명하고도 명확했다.

"신은 주사위를 던지지 않는다. 거시물리의 세계에서 모든 것은 이미 정해져 있으며 만물은 정해진 경로를 가고 있을 뿐이다. 운명은 정해져 있으며 아무도 바꾸지 못한다. 신은 주사위를 던져서 경로를 결정하지 않는다. 법칙이 경로를 결정한다. 나는 그 경로를 미리 엿봤을 뿐이다. 물론 바꿀 수 있지만 그것은 생각하지 못하는 참사를 만들 수도 있다. 도미노 게임에서 게임자가 결과를 미리 알 수 있듯이 신의 관점에서는 모든 일의 결과를 예측할 수 있다. 아인슈타인은 자연법칙과 물리학적 원리에 대한 깊은 이해로 유명한 과학자였는데, 그는 우연이나 운보다는 인과 관계와 결정론적인 원리를 강조하는 물리학적 세계관을 갖고 있었다. 나도 그의 세계관에 동의하고 있다. 아인슈타인이 1926년 막스 보른에게 보낸 편지에서 '신은 주사위 놀이를 하지 않는다'라고 하며 양자역학의 불확정성 원리를 비판하였다. 아인슈타인은 우주가 객관적인 법칙에 따라 작동한다고 믿었고, 주사위 놀이처럼 우연에 의해 결정되는 것이 아니라고 생각했다. 하이젠베르크의 불확정성 원리에 따르면, 입자의 위치와 운동량을 동시에 정확히 측정하는 것은 불가능하다. 이는 우주가 완전히 결정된 것이 아니라, 불확실성이 존재한다는 것을 의미한다. 아인슈타인은 이러한 불확실성을 받아들이지 못한 것이다. 그는 우주가 완전히 결정된 것이고, 우리가 아직 그 결정을 알지 못할 뿐이라고 생각했다. 나는 아인슈타인이 옳았고, 우주가 완전히 결정된 것이라고 본다."

보통 사람들에게 불가능해 보이는 것도 그는 원하면 다 이루었고 무슨 일이든 마음만 먹으면 다 해결해 냈다.

하지만 그렇다고 그의 삶이 만족스럽거나 행복해 보이지는 않았다. 2032년 그는 자살을 시도한 적이 있었다. 당시의 언론들은 '술에 취한 김일규 박사의 실수'로 보도했다. 김현우 요원은 이 사건에 눈길이 멈추었다.

"음…… 이 문제는 좀 더 자세히 조사해 봐야겠어."

김현우는 가상 스크린을 켜고 '김일규 박사의 2032년 행적 상세 조사 필요'라는 메모를 해 두었다. 그의 행적에 어떤 의혹이 숨겨져 있다고 생각한 것이다. 그는 완전히 드러난 사람이면서 또한 완전히 숨겨져 있는 신비한 사람이었다.

또 다른 기사에서는 김일규가 이스라엘 히브리대를 방문했다는 내용이 있었다. 히브리대는 아인슈타인과 지그문트 프로이트, 마틴 부버를 비롯한 유대인 석학들이 설립한 대학으로 아인슈타인은 모든 학문적 유산을 히브리대에 기증한다는 유언을 남겼다. 김일규 박사는 세상에 존재하는 모든 자연의 힘을 설명하려는 '통일장이론'에 관심을 두고 히브리대에서 아인슈타인의 자료를 살펴보았던 것이다.

우주는 하나의 특이점으로부터 출발했다. 모든 힘은 하나의 원천에서 비롯한다. 김현우 역시 물리학적 힘들이 하나의 원리로 결집하여 제어된다는 가설이 타당한 것이라고 생각했다. 다만 그 수학적 정리를 아직까지 해명하지 못할 뿐이라고 생각했다. 물리적 세계에서만이 아니라 그것은 태극의 음양과 남녀의 관계에까지 그 태초의 원리적 힘이 지배한다고 김현우는 평소에 생각했다. 그런 점에서도 김현우는 김일규 박사에게 끌리고 있었던 게 사실이다.

제트 수송기가 공중에서 정지하자 김현우는 수송기에서 생성한 수송관을 통해 김일규 박사의 연구실로 내려갔다. 그곳에는 미국연방수사국과 국토안보부에서 나온 요원들이 대기하고 있었다. 김현우는 그들에게 다가가 지휘자로 보이는 요원에게 인사를 했다.

"김현우입니다, 반갑습니다."

미국인은 덤덤히 손을 내밀었다.

"찰리 헌터(Chrlie Hunter)요. 반갑습니다."

미국인이 흔히들 그러하듯 악수를 하는 손에 필요 이상으로 힘을 주었다. 김현우가 금발의 찰리 헌터와 악수를 끝내자 또 다른 흑인 요원이 다가와서 악수를 청했다.

"데니 브리츠(Denny Britz)라고 불러주십시오. 찰리는 국토안
보부(United States Department of Homeland Security, DHS) 소속이고
저는 미국연방수사국(Federal Bureau of Investigation, FBI) 소속입니
다."

요원들은 검은색 슈트를 입고 있었다. 공식적으로 모습을 드
러낼 때 볼 수 있는 그들의 한결같은 복장이었다.

"지금부터 김일규 박사의 시체는 눈으로만 관찰해야 합니다.
일체의 접촉은 불허하며 여기서 얻는 모든 정보는 극비입니다.
김일규 박사가 죽었다는 것과 그의 자료는 전부 극비에 해당한
다는 것을 다시 한번 명심하십시오."

금발의 미녀가 특수 안경을 쓰고 김일규 박사의 사망 현장을
스케치하고 있었다. 그녀는 큰 키에 청바지를 입고 있었다. 체
중을 지탱하는 오른쪽 다리가 그녀의 엉덩이를 더욱 돋보이게
했다. 김현우는 순간적으로 시선을 돌렸다. 하지만 팽팽히 긴장
된 그녀의 둔부의 곡선이 그를 놓아주지 않았다.

김현우는 한 번 본 것을 정확히 기억하는 특별한 능력이 있
다. 여러 가지 능력 중에서도 특히 사진을 찍는 것보다 더 정확

히 기억할 수 있는 능력으로 그는 최정예 요원이 될 수 있었다. 또한 지능이 매우 높았으며 보통 사람이 없는 예감 능력이 있었다. 남극에서 고대 유물을 회수하는 과정에서 얼음덩어리에 맞아 죽기 전에 그의 예감 능력이 그를 살리기도 했다.

10년 전의 일이었다. 남극은 아름답기도 하지만 지구상에서 가장 극한의 환경을 보여 준다. 빙하, 얼음, 밤이 지속되는 겨울, 그리고 극한 날씨로 사람들의 접근을 막는다. 남극은 과학 연구, 환경 보호 및 국제 협력의 중요한 장소로 소수의 인간들이 활동하고 있다. 90% 이상이 빙하로 덮인 대륙으로 빙하 층은 수십 미터에서 몇 킬로미터에 이르는 두께를 가지고 있다. 당시 한국의 제7 남극연구소에서 비상사태 신호를 보내 김현우가 출동하였다. 김현우는 고대 유물을 회수하고 연구원들의 위험 요인을 제거하는 일을 맡았다. 그의 예감 능력은 이때 발휘되었다. 그는 위기가 닥쳐오면 피부가 가려움증을 느끼는데 고개를 들어 위를 올려다보자 얼음덩어리가 떨어지고 있는 것을 보았다. 재빨리 몸을 피해서 살아날 수 있었다. 남극에서 회수된 고대 유물은 봉인되어 빅마더의 연구소로 전달되었다.

순간적으로 뒤로 고개를 돌리던 금발의 미녀와 김현우의 눈이 마주쳤다. 그녀의 청색 다이아몬드 빛깔의 눈동자가 순식간에 김현우의 마음을 사로잡았다. 김현우는 강렬한 레이저 빛을 맞은 것 같은 느낌을 받았다. 금발의 미녀에게 취한 듯 다가가서 그는 손을 내밀었다.

"김현우 요원입니다."

그녀는 미소를 지으며 가볍게 악수를 청했다. 가늘고 긴 손가락이 그녀의 세련미를 더해 주는 듯했다.

"반가워요. 나는 국토안보부요원(DHS Agent) 행동분석가 아멜리아 몰리터(Amelia Molitor)에요."

그녀는 김현우를 바라보며 금발을 어깨 뒤로 쓸어 넘겼다. 다시 아멜리아와 눈이 마주치지 않도록 현장 조사에만 집중해야 한다고 김현우는 생각했다.

국토안보부 요원 찰리가 정보국 전문가다운 솜씨로 김일규 박사의 마지막 이동 경로에 대해 설명했다. DHS 찰리 요원은 아멜리아의 보고서를 흘깃 들여다보고 김일규 박사가 죽으면서 쓰러진 장소까지 어떻게 움직였는지 동선(動線)을 추정하면서 김현우에게 설명했다. 그리고 친절하게도 금발의 청바지 미녀에 관해 소개를 했다.

"아멜리아는 오클라호마 대학(Oklahoma University)에서 철학(philosophy)과 인간관계론(human relations)을 전공하고 하버드대학에서 행동주의 심리학 박사학위를 취득하였습니다. 그녀는 '심리학의 이론적 목표가 행동의 예측과 통제'라고 항상 말하고 있습니다. 우수한 행동 분석가로 정평이 나 있습니다."

아멜리아의 보고서에 따르면 김일규 박사는 정교하게 나무를 조각하다가 쓰러진 것으로 확인되었다. 김일규가 조각하던 것은 지하여장군의 형상으로, 그 지하여장군 전신에 세밀한 실선으로 지형도를 그려 넣고 있었다.

김일규 박사가 지형도 조각을 완성한 후에 살해되었다는 점은 주목할 만했다. 우연의 일치라고 하기보다는 지형도가 완성될 때까지 살해범이 기다려 줬다는 것이 더 합리적 설명일 것이었다.

김현우가 DHS 찰리 요원에게 물었다.

"김일규 박사의 사인은 무엇입니까?"

DHS 찰리 요원은 이해가 가지 않는다는 표정으로 망설이다가 대답했다.

"그게 이상한데……. 김일규 박사는 목의 급소를 정확히 맞고 숨졌습니다. 동양 무술의 대가가 순식간에 맨손으로 그를 살해한 것 같은데, 아마 고통도 느끼지 못했을 겁니다. 더 이상한 것은 이 방안에는 박사뿐이었다는 것입니다."

찰리 요원의 설명을 듣던 김현우의 뇌리에 번개처럼 스치는 생각이 있었다. 김일규 박사 역시 동양 무예에 일가를 이룬 인물이었다.

김현우가 말했다.

"김일규 박사도 동양 무술의 대가였는데, 그런 김일규 박사를 순식간에 제압하여 살해할 정도의 무술을 닦은 사람이 있다는 걸 믿기는 쉽지 않은데요, 아마 박사는……."

그러자 DHS 아멜리아 몰리터 요원이 김현우의 말을 끊고 끼어들었다.

"설마, 자살이라 생각하는 건가요? 당시 김일규 박사는 나무 조각을 하고 있었어요. 그리고 불시의 기습으로 사망했어요. 저 조각칼을 쥐고 쓰러져 있는 형상이 누군가에게 살해당했다는 걸 명백히 증명하고 있어요."

김현우는 입을 다물 수밖에 없었다. 그들의 논리정연한 상황

설명에 김현우는 고개를 끄덕였다.

김현우는 이들이 최정예 요원이라는 사실을 충분히 알 수 있었다. 하지만 그들이 뭔가를 은폐하고 있다는 것을 느꼈다. FBI 와 DHS 요원들의 김일규 박사 사건에 대한 개요 설명과 태도에서 뭔가 분명 부자연스럽고 의아한 느낌이 들었다.

김일규 박사가 죽으면 미국은 정치적·경제적으로 엄청난 타격을 입는다. 그런데 이들의 태도는 너무나 안일해 보였다. 국가적 위기감을 주는 중대한 사건을 다루는 태도가 아니고, 그들은 그저 평범한 한 회사원의 죽음을 대하는 것처럼 보였다. 김현우는 이들이 뭔가를 숨기고 있으며 자신에게는 형식적으로만 현장을 보여 주고 있음을 직감했다.

"내게 더 알려줄 것은 없습니까?"

김현우가 의심이 가득한 눈빛을 보이자 그들은 미소를 짓고 두 손을 펴들었다. 김일규 박사의 사건에 대해서는 이것이 전부이고 더 이상의 자료가 없다는 태도였다.

찰리 요원과 FBI 데니 요원은 도움이 필요하면 언제든지 연락하라고 김현우에게 말했다. 그리고 방호복을 입은 현장 요원들에게 김일규 박사의 시신을 치우도록 지시했다.

김현우는 움직이지 못했다.

"먼저 가십시오. 저는 현장을 좀 더 보고 가겠습니다."

그들은 또 한 번 어깨를 으쓱하고는 부산스레 장비를 챙겨서 현장을 떠날 준비를 했다. 그리고 나머지 현장 요원들은 김현우가 확인을 마칠 때까지 박사의 시신을 치우지 않고 기다렸다. 김현우가 현장 확인을 끝냈다고 하자 비로소 그들은 박사의 시신을 이송용 포대에 담고 익숙하게 청소를 시작했다. 몇 분이 채 걸리지 않아서 현장은 깨끗하게 치워졌다. 마치 사건이 완전히 종결되었다는 듯 현장을 떠나는 미국 요원들의 모습을 김현우는 뒤에서 지켜보고 있었다.

걸음을 옮길 때마다 긴장된 아멜리아의 엉덩이가 멀어져 갔다. 김현우는 다시 한번 혼잣말을 했다.

"임무만을 생각해야 해!"

마음은 의지와는 달리 제멋대로 움직이는 경향이 있다. 지금 김현우의 마음 상태는 마치 고삐 풀린 야생마와 같다. 김현우는 아멜리아에 대한 생각을 멈추기 위해 필사적으로 노력했지만 가장 통제하기 어려운 것이 원초적 욕망의 본능이다.

김현우는 파이오니어 호텔에서 수면을 취한 뒤 빅마더와 교신을 시작했다. 벽면 스크린이 펴지고 교신이 개시되었다. 김현우가 대략적인 상황을 설명하자 빅마더는 항상 그렇듯이 부드러운 목소리로 답했다.

"그들이 조사위원 1명을 보내 달라고 한 것은 김일규 박사가 우리나라 사람이니까 예의상 부른 것뿐이에요. 김현우 요원에게 별로 기대하는 것은 없을 테니 너무 무리하지 말고 속히 상황만 파악하고 정리하여 철수하세요. 이번 일은 외교상 굉장히 중요한 문제이기도 해요."

자신이 형식상 파견됐다는 것을 짐작하긴 했으나 빅마더가 새삼스럽게 확인을 해주자 은근히 자존심이 상하고 화가 났다.

"김일규 박사의 최근 행적에 대한 자료가 필요합니다."

빅마더는 잠깐 침묵을 지켰다. 김현우가 다시 한번 재촉하자 빅마더는 마지못한 듯 대답했다.

"김일규 박사에 대한 자료는 줄 수 없어요. 수집이 금지된 항목이에요."

이런 경우는 처음이었다. 빅마더는 무슨 질문이든지 대답했었다. 김현우는 다시 물었다.

"다른 금지된 항목은 무엇인가요?"

금지 항목을 묻는 것도 금지된 것은 아니길 김현우는 속으로 바랐다. 다행스럽게도 빅마더는 대답해 주었다.

"김일규에 관한 모든 질문, 김현우 외 20명의 요원에 관한 질문, 각국에 있는 빅마더 지역센터에 관한 질문, 빅마더의 과거의 일체 활동과 행적에 대한 정보 요청은 금지되어 있어요."

김현우는 이번 기회에 오랫동안 궁금하게 여겼던 질문을 해야겠다고 마음먹었다.

"빅마더의 존재 이유는 뭔가요?"

아주 빠른 속도로 빅마더의 존재 이유를 명시한 항목이 화면에 펼쳐졌다.

"빅마더는 인류의 정치, 사회, 문화 활동에 직접 간섭하지 않지만, 독점적인 절대 권력이 등장하는 것을 방지하며, 모든 견고한 조직을 느슨하고도 유연한 형태로 변화시켜 나가고, 사회 구조와 힘의 다극화 그리고 문화적 다양성이 유지되도록 노력합니다. 또한, 인류의 안전을 보장하며 인간 생활의 보편적 향상을 추구합니다."

김현우는 빅마더의 활동에 공감했다. 그리고 핵심 요원으로서 자신이 알아야 한다고 생각한 것을 질문했다.

"빅마더는 언제, 그리고 누가 만들었나요?"

빅마더는 잠시 침묵하더니 대답했다.

"저를 포함한 각국에 있는 빅마더 센터의 행적에 대한 질문은 금지항목이에요."

빅마더는 2초 후에 통신을 종료했다.

김현우는 벽면 스크린에 나타난 해안가의 모습을 보고 있었다. 객실 손님의 기분과 취향에 따라 가장 적절한 화면이 나타나는 것이다. 지금은 황혼의 바닷가 전경이 김현우의 기분과 맞아떨어진다고 여긴 것 같았다.

그때 객실 방문을 누군가 다급하게 두드리기 시작했다. 김현우는 재빨리 권총을 뽑아 들고 문밖으로 나가 한 사내를 제압하고 사내의 이마에 총구를 들이댔다. 그는 손을 번쩍 들어 올렸다. 사내는 눈을 크게 뜨고 놀란 표정으로 두 손을 최대한 높이 들어 항복한다는 몸짓을 했다.

김현우는 위험 상황이 아니라는 것을 알아차렸다.

"당신은 누구요? 무슨 일로 찾아온 거요?"

김현우가 노려보자 그는 더듬거리며 답했다.

"저…… 정보가 있어서요."

어디나 이런 녀석이 있게 마련이다. 하지만 이런 정보를 무시할 수는 없다. 정보원들의 생계는 정보의 내용에 달려 있다. 그들은 필사적으로 의미 있는 정보를 찾아서 팔려고 한다. 그래서 때로는 이들의 정보가 꽤 믿을 만도 하다.

"내가 어떤 정보를 원하는지 아시오?"

김현우는 고개를 돌려 흥미 없다는 듯 퉁명스레 대했다.

"김일규 박사의 최근 행적……"

그의 입에서 예상치 못한 이름이 나오자 김현우는 깜짝 놀랐다.

"뭐? 김일규 박사의 정보?"

사내는 김현우에게 웃음을 보였다. 밉지 않은 인상이었다. 김현우는 말없이 소형 골드바를 그에게 던져 주었다. 이들은 통상적으로 암호화폐를 받지 않는다. 항상 골드바를 받아서 추적을 피한 뒤에 가상화폐로 바꾸어 사용한다. 그래서 특수요원들은 항상 허리띠에 20개의 골드바를 차고 다닌다. 골드바는 권총과 함께 요원들의 필수품이다.

사내는 골드바에 입을 맞추었다. 그리고 소형 상자를 김현우에게 던져 주었다. 그런데 방문을 나서던 사내가 갑자기 얼어붙은 듯 서 있었다. 그리고 당황한 듯 주춤주춤 뒷걸음질 쳐 다시 김현우의 객실로 들어섰다. 김현우는 권총을 빼 들었다.

데니 브리츠 FBI 요원이 문밖에서 정보원을 밀고 들어오고 있었다. 데니 브리츠 요원은 분노로 얼굴이 충혈되어 있었다.

김현우 요원은 총을 내리고 데니 브리츠를 응시했다. 사내는 데니를 밀치고 황급히 객실을 빠져나갔다. 데니 브리츠는 울화가 치미는 듯 그자의 뒤통수를 향해 소리쳤다.

"후회할 거요, 언젠가!"

그제야 김현우는 이들이 가까운 사이라는 것을 알았다. 민망한 상황에서는 모르는 척하는 것이 가장 좋은 것이다. 김현우는 스크린에 비치는 황혼을 바라보았다. 노을이 지고 있었다. 바닷가였던 배경이 빌딩 숲으로 전환되었다. 빌딩 사이로 비치는 주황빛 하늘이 황홀하기만 했다.

문 닫는 소리가 들렸다. 데니 브리츠 FBI 요원은 김현우에게 인사도 하지 않고 가버렸다. 데니 브리츠가 나가자 김현우는 재빨리 소형 상자를 열었다. 상자 속에는 오각형의 3차원 홀로그램(Hologram) 작동기가 들어 있었다. 버튼을 누르자 홀로그램이 나타났다.

홀로그램은 실제 인간을 보는 것처럼 대상이 3차원으로 구현된다. 가끔 홀로그램이라는 사실을 잊어버릴 정도로 생생할 때가 많다. 홀로그램에서는 김일규 박사가 살해당할 때의 상황이 전개되고 있었다.

이 내용은 찰리 헌터나 데니 브리츠 요원이 김현우에게 공개하지 않은 정보였다. 그 사내가 어떻게 이런 고급 정보를 구했는지는 알 수 없는 일이다. 어쩌면 사내는 파리 카메라나 나방 카메라를 사용했을 수도 있다. 물론, 파리처럼 날아다니는 소형 카메라는 제작하는 것조차 법으로 금지되어 있다. 하지만 정보원들은 법을 우습게 여기는 자들이다.

김현우는 천천히 홀로그램 속 인물들의 동작을 분석하기 시작했다. 김현우는 김일규 박사를 살해하는 인물의 뒷모습을 지켜보며 살해자가 어떤 자인지 궁금했다. 그리고 방향을 돌려서 그자의 얼굴을 확인한 순간 놀라지 않을 수 없었다.

김일규 박사를 살해한 후 넋이 나간 사람처럼 움직이지 않고 서 있는 살인범의 모습은 놀랍게도 김일규 박사와 꼭 같은 모습이었다.

"김일규 박사가 자신을 살해하다니…… 이럴 수가……."

김현우는 보고도 믿을 수가 없었다. 그는 의아스러워서 몇 번이나 홀로그램의 재생 속도를 조절하며 분석했다. 하지만 그 두 사람의 얼굴과 모습은 마치 쌍둥이인 듯 같았다.

"그렇다면 혹시……"

한 명은 인조인간일 것이 분명했다.

현장 재생이 끝나자 홀로그램에서 정보원의 모습이 나타났다.

"박사가 만든 것은 사유할 줄 아는 인공지능 인간이죠. 전자인간. 사람인지 기계인지 구분을 못할 거요. 기계가 사람과 똑같다면 인류의 종말도 멀지 않은 거요. 이에 대한 책임은 누구든 져야 할 것이오. 개인이든 우리 모두이든. 만약 나를 만나고 싶다면 조난위성 흑장미에 주파수를 맞추고 유성 셋이 흑장미에 낙하한다고 말해 주시오. 그렇게 하면 나를 만날 수 있을 거요. 잘 알겠지만, 이 홀로그램작동기는 곧 파괴될 거요."

그의 말이 끝나자 홀로그램 작동기는 찌지직거리며 불타고 말았다.

김현우는 '조난위성 흑장미'의 사내가 단순한 인물이 아니라고 생각했다.

"기계가 사람과 똑같다면 인류의 종말도 멀지 않은 거다."

김현우 요원은 한낱 정보팔이 사내의 그 말을 자신도 모르게 되뇌고 있었다.

상상을 초월하는 천재 인간 김일규 박사, 그가 만든 인조인간에 의해 창조주인 인간 김일규 박사가 살해되었다. 이것은 곧 인간을 대표하는 '인간'이 그의 손으로 만든 인공지능 인조인간에 의해 종말을 맞이했다는 것이 아닌가. 그 종말이 어떤 형태, 어떤 방식으로 나타나든 그것은 같은 것이 아닌가 하는 생각에 김현우는 몸을 떨었다.

사실, 인간을 복제하는 인공지능은 그간에 연구해 온 광물성 소재로는 불가능하다는 것이 정설이다. 인간처럼 사고하기 위해서는 먹고 즐기는 본능적 욕구와 욕망이 전제되어야 한다. 보다 사실적으로 말하면 아멜리아와 같은 금발의 미녀와 함께 자고 먹고 즐기고 싶은 충동적 욕망이 전제되어야 한다. 그런 욕망에 시달릴 줄 알아야 한다. 그러한 욕망 위에서 이성적 사고는 태동하고 발전한다.

하지만 욕망은 광물성 소재로는 원천적으로 구현할 수 없다. 그것은 단백질 소재로만이 가능하다. 그러한 욕망의 문제에 있어서는 초거대 인공지능 빅마더 역시 한낱 파리나 나방보다도 못한 고철 덩어리라 할 수 있다.

그런데 단백질 소재를 사용하는 순간 그것은 인간 복제의 사건으로 넘어간다. 세기의 박사 김일규는 그러한 인간세계의 금지 규범을 넘어섰다. 그것은 위대한 창조적 능력을 가진 인간만이 누릴 수 있는 권능일 수도 있다.

그러나, '흑장미'의 질책처럼 그에 대한 '책임은 누구든 져야' 한다. 그것은 김일규 박사 또한 인지하고 있었던 문제라고 김현우는 생각했다. 인간은 결코 인조인간에 대한 욕망을 버리지 못할 것이고, 따라서 누구에 의해서든 그리고 그것이 언제든, 만들어 내고야 말 것이다. 그 점을 김일규 박사는 충분히 생각하고 있었고, 그 인간은 바로 김일규 박사 자신일 수밖에 없다고 생각했으리라.

김현우는 이 문제에 더 이상 매달리지 않기로 했다. 그는 결론을 내뱉었다.

'김일규는 인류를 대신하여 원죄의 십자가를 진 것이다.'

김현우는 이제야 미국이 왜 그렇게 여유만만했는지 알 것 같았다. 그들은 제2의 김일규 박사를 갖고 있는 것이다. 따라서 그들은 김일규 박사의 사망을 발표하지 않을 것이다.

과연 미국 정부는 김현우가 예상한 대로 김일규 박사의 죽음을 발표하지 않았다. 세상은 여전히 평온하게 흘러가고 김일규 박사와 꼭 같은 인조인간이 그의 역할을 대행하고 있었다. 그러나 그 사실은 극소수의 사람들만이 알고 있었다. 김일규 박사의 장례식에는 손에 꼽을 수 있는 몇 명의 사람들만이 와 있을 뿐이었다.

'인류에게 위대한 공헌을 한 이름 없는 사나이 여기 잠들다.'

그의 묘비에는 김일규라는 이름조차 새겨지지 않았다.

장례식이 끝나자 김현우는 목이 타서 시원한 무엇을 마시고 싶었다. 러시아 바에서 보드카를 한 병 비운 그는 김일규 박사가 즐겨 찾았던 도박장에 들렀다. 기록에 의하면 도박장에서 김일규 박사는 항상 거액을 거머쥐고 나갔다. 사실 김일규가 원했다면 도박장의 모든 돈을 휩쓸어 갈 수도 있었을 것이다.

김현우 역시도 도박장에서 돈을 잃지 않았다. 도박에서 이기

려면 냉철한 분석과 전일적 종합 사고가 필요하다. 그런 면에서 김현우는 칭찬받을 만했다. 정보비는 도박장에서도 충분히 확보할 수 있었다. 그날 도박장 주인이 씁쓸한 미소를 지은 것은 물론이다.

도박장을 나서다가 김현우는 문 앞에서 아멜리아 몰리터 요원과 마주쳤다.

"한잔할까요?"

아멜리아 요원은 단도직입적이었다. 그녀의 빛나는 블루다이 아몬드 빛깔의 눈동자가 김현우를 순식간에 끌어당겼다.

"환영합니다."

그는 아멜리아 요원의 어깨를 팔로 감싸며 취한 목소리로 말했다. 이미 보드카를 한 병이나 마신 김현우는 비틀거렸다. 그때 김현우는 아멜리아가 자신의 목에 따끔한 침을 꽂고 있다는 것을 느꼈지만 정신을 잃기 시작했다.

김현우가 정신을 잃자 DHS 요원들이 신속하게 그를 비밀안전가옥으로 이동시켰다. 안전 가옥에서 DHS 심문 요원들이 김현우에게 무의식 상태에서 진실을 말하게 되는 특수 약물을 주입했다. 그들은 기본적인 신상에 대한 질문을 끝낸 후에 중요한 질문을 하기 시작했다.

"당신은 김일규 박사에 대한 새로운 자료를 얻은 것이 있나요?"

질문을 하는 아멜리아 요원의 빛나는 블루다이아몬드 눈동자에 불안감이 어렸다.

"김일규 박사가 동양 무술의 대가에게 살해되었습니다. 그 외에는 아는 것이 없습니다."

아멜리아 요원은 안도했다. 만일 김현우가 다른 대답을 했다면 사고사를 당할 가능성이 있었다. 다행히 김현우는 특수약물을 이겨낼 수 있는 소수의 정예 요원이었다. 그들은 김현우를 객실로 옮겨 놓고 철수했다. 아멜리아가 가볍게 김현우에게 키스하고 방을 나가자 김현우는 감았던 눈을 떴다.

다음날 김현우는 김일규 박사의 어린 시절부터 구할 수 있는 자료는 전부 수집했다. 그의 전기라도 쓸 수 있을 만한 분량이었다.

김일규 박사는 알면 알수록 기묘한 인간이었다. 그는 사람을 사랑하지 않았다. 그가 사랑한 것은 비둘기였다. 때로 그는 혼자 공원에 나가서 비둘기에게 먹이를 주며 휴식을 취했다. 그는 고독하고 불행했다. 김일규 박사는 어떤 면에서 보면 단 하나의 적도 없었고 또 다른 면에서 보면 수만 명의 적을 두고 있었다.

그는 여러 가지 종교를 믿었다. 그러나 오래가지 않았다. 그는 이제 자료상으로 밖에 남아 있지 않은 토템신앙, 샤머니즘의 몰두에서부터 시작하여 세계의 거의 모든 신앙에 대해서 연구했다. 그리고 한 권의 책을 저술하였는데 그는 모든 종교를 철저히 비판했다. 김 박사의 비판은 집요하고 철저했다.

김현우는 투덜대며 김일규 박사가 저술한 자료들을 화면 장치에 올려놓고 분석하기 시작했다. 그것은 장장 12,000쪽에 달하는 분량이었다. 김현우는 집중력을 발휘하여 세 시간 동안 꼼짝하지 않고 훑어보았다. 그리고 김 박사의 저술에서 특이한 부분을 확인했다. 바로 김일규 박사가 운명 결정론자라는 결론에 도달했다.

김현우는 주요 부분을 다시 한번 소리 내어 읽어나갔다.

"만일 전지전능한 어떤 존재가 있다면, 모든 것은 그 존재의 의사대로 되는 것이다. 모든 선한 자도 그의 의사대로 움직이는 것이고, 모든 악한 자도 그의 의사대로 움직이는 것이다. 우주의 먼지, 미세한 전자파 하나도 그의 의사대로 움직일 수밖에 없는 것이다.

절대적 존재가 행한 것은 커다란 오류였다. 수많은 전쟁은 그의 의사에 의한 것이다. 대지로 스며들어 간 많은 양의 인간의 피는 그가 원한 것이다. 그는 피로 얼룩진 존재이다. 그러므로 스스로 존재하며 전지전능하다는 주장은 맞지 않다. 만일 그러한 존재가 있다면 나는 하나의 꼭두각시에 불과하다."

김현우는 이 부분을 기억해 둘 필요가 있다고 생각했다. 김현우 자신도 인류의 역사는 극단의 폭력으로 이루어졌다고 믿고 있다. 특히, 21세기까지의 역사는 대량 살상과 폭력이 난무하는 극단의 시대였다. 국가와 민족 그리고 신의 이름으로 극단의 폭력을 아름다운 언어로 미화시켰다. 대화와 타협을 그들은 알고 있었다. 이론상으로는 그것이 이상적이었으나 그들은 자신의 의지를 관철하기 위해 폭력을 사용했다. 수많은 현인이 그것을 지적했다. 도리로서 인간을 교화시키라고 했다. 비폭력주의, 무저항주의 그리고 인간의 양심에 호소함으로써 부드러운 바람에 낙엽이 쓸려가듯 사랑의 언어로 모든 모순을 제거하려 했다. 그러나 효과를 거두지 못했다는 것을 김현우는 알고 있었다.

대화로써 타협에 이른다는 것은 이익을 나눠야 한다는 의미이고 이익을 독점하기 위해서는 폭력 사용이 불가피했다. 모든 사회 구성원이 폭력적인 수단을 즐겨 사용했다. 크든 작든 인간이 있는 곳에 갈등이 있었다. 김현우는 세계사를 공부하면서 모든 자료를 지워버리고 싶다고 생각했다. 그러나 유감스럽게도 김현우 요원 자신도 문제 해결을 위하여 항상 폭력을 사용했다.

김현우는 '술에 취한 김일규 박사의 실수'라는 제하의 사건을 취재한 기자에게 전화를 걸었다. 화면에 나타난 그녀의 얼굴은 꽤 미인이었다. 그는 그녀에게 자신을 소개했다. 그녀는 의심스러운 눈으로 김현우를 잠시 바라보았으나 바쁘다는 핑계로 화면에서 사라졌다.

김현우는 찰리에게 전화를 걸 수밖에 없었다. 찰리는 김현우에게 5분만 기다리라고 했다. 그리고 5분 후에 여기자가 김현우에게 전화를 걸어왔다. 김현우를 보는 표정이 달라져 있었다.

김현우는 술집 펜타곤에서 그녀를 만나기로 했다. 그녀는 미소를 띠고는 화면에서 사라졌다.

펜타곤은 일종의 전쟁 무기 발달사를 전부 볼 수 있고 실지로 사용할 수 있는 장소였다. 한 잔의 술을 마시면서 톰슨 경기 관총을 쏘아댈 수도 있었고 밀폐되고 압축된 보호 용기에서 소형 원폭을 터뜨릴 수도 있었다. 이곳은 보통 시민은 올 수 없다. 보통 시민을 강제로 막는 것이 아니고 이곳을 이용할 돈이 없기 때문이다. 어느 시대 어느 장소를 막론하고 어디에나 특권층은 있게 마련이다. 계급 사회를 부정하던 사회주의는 결국 지구상에서 몰락하고 말았다. 술맛이 씁쓸했다.

김현우는 전 세계의 원폭 전쟁을 구상하기 시작했다. 그는 20세기 냉전 시대에 미국과 소련 간의 핵전쟁 시뮬레이션 게임을 시작했다. 미국 대 소련의 핵미사일과 폭격기 항공 모함이 총동원되었다. 미사일이 발사되고 대응 파괴가 시작되었다. 상호확증 파괴 전략이 실행되다가 마지막에는 위성의 베가톤 폭탄 18발로 전쟁은 종식되었다. 지구의 지형이 변화되었다. 인류는 종말을 고했다. 인류의 종말과 더불어 신도 죽었다. 걷잡을 수 없는 통쾌감이 일었다. 그러나 그것은 순간뿐 가슴을 억

누르는 답답함에 숨이 막힐 것 같았다. 김현우는 주체할 수 없을 정도로 술을 들이켰다.

"제에길, 악마는 인간의 마음속에 있어."

옆에서 구경하던 게이머가 다가와서 칭찬을 했다.

"멋진 게임이었어요. 과거에도 당신처럼 워게임에서 비슷한 결과를 내고, 당신처럼 괴로워한 사람이 있었어요."

김현우는 그의 말에 흥미를 느끼면서 물었다.

"그게 누구요?"

아무 생각 없이 물었지만 돌아온 대답은 그의 귀를 의심케 했다.

"닥터 김일규지요."

김현우는 술이 확 깼다.

"누구라고요?"

김현우가 되물었을 때 뒤에서 여자 목소리가 들렸다.

"그래요, 김일규 박사예요."

그 신문사의 여기자가 들어서며 말했다. 여기자를 본 김현우는 급히 셈을 치르고 밖으로 나갔다.

"아니 왜 이렇게 서둘러서 나가요?"

이미 그는 몸을 가누지 못할 정도로 취해 있었다. 근래에 이렇게 취한 적이 없었다. 그녀는 김현우를 따라 나왔다. 김현우는 공원의 벤치에 기대어 앉아 중얼거렸다.

"옛 시인이 이런 시를 읊었지. 공원의 벤치, 나뭇잎은 쌓이고 흙이 되고 덮여서……."

거기서 김현우는 의식을 잃고 잠이 들었다.

그가 깨어났을 땐 여기자의 방이었다.

"평소에 자신을 주체할 수 없을 정도로 술을 자주 마시나 봐요?"

김현우는 그녀의 목소리에서 빅마더의 어감을 느꼈다. 그런데 빅마더와는 업무적인 대화지만 여기자와의 대화는 사적인 것이다. 그래서인지 부드러운 어조가 더욱 친근감을 불러일으켰다.

"그렇지 않아요. 정신을 잃을 정도로 술을 마시는 경우는 거의 없어요."

사실 근래에 아멜리아 요원을 만난 때를 제외하고는 이런 일은 없었다. 그녀는 커피머신에서 함께 마실 커피를 뽑으며 말했다.

"이 방에 들어왔던 남자는 딱 두 명이에요. 당신과 김일규 박사."

김현우는 묘한 느낌이 들었다.

"뭐요. 그러면 당신은 김일규 박사의 연인?"

그렇게 말하고 김현우는 어젯밤 일들을 되짚어 보았다. 하지만 녹아웃이 되도록 자신이 과음을 했다는 것 외에 달리 기억나는 게 없었다. 취한 김현우에게 이 여기자가 친절하게도 잠자리를 제공해 준 것이 전부일 것이었다. 그런데 그녀가 김현우를 노려보았다. 그는 멈칫 놀라, 자신이 어떤 실수를 했나 걱정했다.

"당신은 말을 함부로 하는군요. 그분을 모독하지 마세요. 그분은 정말 인간의 한계를 넘어선 인간이었어요. 우리가 사는 욕계의 인간이 아니고 무색계에서 존재할 고귀한 인간, 아주 고귀한 인간이었어요. 당신이 어떻게 그분을……."

의외의 상황에 김현우는 당황했다.

'음! 내가 그런 말을 하다니 아직도 술이 덜 깬 모양이로군. 큰 실수를 했어.'

김현우는 사과를 해야겠다고 생각했다. 하지만 미처 사과하기도 전에 그녀는 빠른 목소리로 김현우를 쏘아붙였다. 그녀는 눈물이라도 흘릴 것 같은 표정을 지었다.

한편으로 김현우는 그녀가 불교의 삼계를 언급하는 것에 적잖이 놀랐다. 하긴 김 박사는 한국인이고, 과학자이다. 그리고 동서고금을 초월한 대표적 두뇌의 인물이다. 그런 김 박사를 취재하기 위해서는 그 정도의 지식을 갖추는 건 기자로서 당연한지도 모를 일이라고 생각했다.

욕계(欲界)는 관능과 감각의 세계, 색계(色界)는 관능을 초월했지만, 아직 형태에 대한 생각이 남아 있는 세계, 무색계(無色界)는 모든 형태를 초월한 순수이념의 세계라고 할 수 있다. 김현우의 머릿속에서 온갖 자료가 떠올랐다. 그는 부처의 말씀을 생각했다.

'욕계(欲界)의 중생에는 열두 가지가 있다. 그것이 무엇인가. 첫째는 지옥, 둘째는 축생, 셋째는 아귀, 넷째는 사람, 다섯째 아수라, 여섯째 사천왕, 일곱째 도리천, 여덟째 염마천, 아홉째 도솔천, 열째 화자재천, 열한 번째 타화자재천, 열두 번째 마천이다.'

김현우는 외우는 것과 이해하는 것은 전혀 다른 것이라는 걸 잘 알고 있었다. 그는 욕계의 중생을 다 이해할 수 없었다. 인간도 이해하기 어려운데 욕계의 다른 존재들을 어떻게 이해할 수 있겠는가.

김현우는 여기자가 김일규를 성인처럼 대하는 것을 보고 놀랐다. 사실 김현우도 김 박사를 좋아했고, 한때는 그의 우상이기도 했다. 그런데 지금은 김현우와 김일규 박사 둘 중 하나가 없었어야 한다는 생각을 한다.

하지만 이내 김현우는 냉정을 되찾았다. 시기와 질투는 이성을 마비시키는 것이다. 태초에 가장 큰 죄도 시기와 질투에서 비롯되었다. 카인이 아벨을 죽인 것은 시기심과 질투심 때문이었다. 멀리서 김일규를 우상처럼 바라보는 것과 가까이서 그의 위대함에 자신의 초라함을 느낄 때와는 그 감정이나 생각이 완전히 다른 것이었다. 김현우는 시기심과 질투심을 극복하지 못하면 자신이 추해지리라는 것을 깨달았다.

상념에 잠긴 김현우를 바라보던 그녀는 차분하게 말했다.

"당신이 내게 김일규 박사님에 대해 중요한 질문을 할 것이라 생각했어요. 어떤 것이죠?"

김현우는 가상 화면을 켰다. 그리고 질문을 시작했다.

"당신이 김일규 박사의 자살 소동에 관해 취재하지 않았습니까. 그것은 김일규 박사가 지나치게 많이 술을 마셔서 일어난 소동이라고 보도했는데, 그때 당신이 김일규 박사에게서 받았던 인상에 대해서 말해 주었으면 좋겠습니다."

그녀는 생기와 호기심을 되찾은 얼굴로 말했다.

"당신은 매력적인 사람이에요. 순식간에 다른 사람이 됐어요. 조금 전엔 안하무인처럼 굴더니 이제는 얼음처럼 냉정한 이성적인 인간으로 변했어요."

빈정거리는 듯한 그녀의 말에 김현우는 톤을 높여 재촉했다.

"그만하고 묻는 말에나 대답해요."

김현우의 태도에 그녀는 웃음을 터뜨렸다.

"…… 당신의 연극은 사계절이에요. 당신의 변화무쌍함은 기가 막히는군요. 예술이에요."

그녀는 꿈을 꾸는 듯 횡설수설했다.

"당신과 나, 둘 중 하나는 정상이 아닌 것 같군."

김현우의 말에 여기자는 그의 눈을 뚫어져라 보았다.

"그 미친 사람이 누구인 것 같아요?"

"그야 물론 당신이지."

그녀는 정색하고 말했다.

"그런지도 몰라요. 하지만 우리가 인식하는 것은 감각기관을 통해서이죠. 만일 하나라도 감각기관에 이상이 생기면 어떨까요? 당신의 감각기관이 망가져 잘못된 인식을 하고 있다는 생각을 하지 않아요?"

그녀의 말을 이해하려고 곰곰이 생각하던 김현우는 그녀의 말이 전부 옳다는 생각을 하게 되었다. 확실히 그녀는 김현우가 만난 여자 중에서 가장 매력적이면서도 묘한 성격을 갖고 있었다. 김현우는 신뢰를 보낸다는 표정으로 그녀의 말에 귀를 기울였다.

"그날 김일규 박사는 술을 아주 많이 마셨어요. 그리고는 코스모스 빌딩 29층에서 떨어져서는 19층 성조기 게양대에 옷자락이 걸려서 매달려 있다가 다시 떨어졌죠. 그때 마침 아래를 지나가던 선전용 애드벌룬 차량에 떨어져 아무런 상처도 입지 않았어요. 발표한 것처럼 그때 김일규 박사께선 사전에 그 일련의 과정들을 전부 계산했고, 그리고 박사님은 그 계산이 맞다는 것을 스스로 확인한 것뿐이라고 말했지요. 어떤 신문에서는 박사님이 자살을 시도한 것 같다고 했지만 그건 전혀 근거 없는 소리예요. 자신의 목숨을 걸고 실험을 했던 거예요. 그만큼 미래 예측에 자신이 있었던 거예요."

그녀의 설명이 거기에 이르자 김현우는 그녀가 인사를 할 틈도 없이 방을 나섰다.

김현우는 데니 요원에게 달려가 정보실 컴퓨터의 사용을 부탁했다. 데니 요원은 그러라는 말을 했지만 좋아하는 기색은 아니었다.

김현우가 김일규 박사의 정보를 요구하자 컴퓨터는 개략적인 그의 자료를 제공했다. 생각과 달리 특별한 것은 별로 없었다. 최근 10년 전부터 박사의 행적은 외부적으로 두드러지게 드러난 것이 없었다.

하지만 김현우는 박사가 무엇을 했는지 알 것 같았다. 김현우가 지난번 '조난위성 흑장미' 사내를 통해 본 것처럼 박사는 자신을 복제하는 일을 하고 있었다. 다른 사람이 그런 시도를 한다면 웃고 말 일이겠지만 김일규 박사라면 능히 그럴만한 인물이었다.

그는 모든 분야에서 최고의 업적을 이뤄낸 사람이었다. 그는 인류문화를 총집산시켜 놓은 초자아 컴퓨터 이상의 존재였다.

그는 자연계의 섭리를 가장 잘 이해한 인간이었다. 과연 무엇 때문에 그는 자신을 복제하는 일을 시작했을까? 이때 그가 깎고 있던 목각 인형이 떠올랐다. 그것은 다 완성되어 있었다. 천하대장군과 지하여장군, 거기에 어떤 비밀이 있는 것일까?

김현우는 즉시 자료 보관실로 가서 그 목각 인형들을 조사했다. 거기에는 세밀한 지형도와 함께 시가 새겨져 있었다.

지하를 다스리는 여장군

그의 머리를 지하로 향해

모든 것의 근원인 대지가

그의 머리를 덮고

하늘을 향한 대장군

여장군 위에 설 때

여명의 빛이 비치며

내 의지가 이루어질 것이니

뜻한 대로 될지어다

전자 투시기에 올려놓자 목각 인형의 내부에서 금속성이 탐지됐다. 김현우가 찰리에게 분해할 수 있는지 물었다. 그러자 찰리는 김일규 박사의 제작물들은 분해를 하려고 시도하면 큰 폭발을 일으키며 모두 소멸한다고 말했다. 그것이 제3국에서 김일규 박사의 기밀을 탐지하는 데 번번이 실패한 원인이었다.

김현우는 김일규 박사가 목각 인형에 새긴 기묘한 어구들을 생각하면서 파이오니어 호텔로 돌아왔다. 가만히 드러누워 지난 모든 일을 천천히 정리해 보려 했다. 하지만 그러면 그럴수록 복잡해지기만 했다. 그는 눈을 감았다. 그리고 모든 것을 잊으려고 노력했다. 김현우는 호흡을 세어보기 시작했다. 하나, 둘…… 그런데 문득 누군가가 자신을 지켜보고 있다는 느낌이 들었다. 그게 무엇일까 살펴보았지만 알 수는 없었다.

"설마 김일규 박사가……."

머리를 때리듯 번쩍 지나가는 생각이 있었지만 이내 그는 머리를 가로저었다. 그럴 리가 없어. 그러나 김일규 박사는 너무 뛰어나다.

김현우는 조난위성 흑장미에 주파수를 맞추고 유성 셋이 낙하한다고 발신했다. 몇 분 후 지난번에 만났던 그 정보원이 나타났다.

"흑장미에 유성 셋이 낙하했지요. 당신이 가진 정보는 박사가 복제됐다는 것을 말하고 있지요."

그가 자랑스럽게 떠벌리고 있었다. 김현우는 단도직입적으로 말했다.

"당신은 돈이 필요한 게 아니었어. 나는 바보가 아니야, 내가 바보가 아니란 것을 보여주지!"

김현우는 그의 얼굴에 주먹을 날렸다. 그는 재빨리 피했지만 두 번째 주먹을 피하지는 못했다. 그는 장식용 도자기를 움켜쥐려 했다.

"당신의 수를 읽을 수 있다는 것은 내가 바보가 아니란 뜻이지."

이때 문이 열리면서 권총을 든 찰리가 들어섰다.

"그는 제3국의 스파이. 본 정보국 스크랩 No. 11121에 있는 자요."

찰리는 권총을 내렸다. 그리고 사내에게 말했다.

"데니의 아내가 당신의 동생이지."

찰리가 이미 확인이 끝났다는 듯이 확신에 찬 목소리로 말했다.

"많은 것을 알고 있군. 짐작은 했지만, 그러나 쓰레기는 내가 아니라 너희들이야."

'조난위성'은 돌연 소형 캡슐 폭탄으로 유리창을 부수고 19층 파이오니어 호텔 아래로 뛰어내렸다.

유리가 깨어지고 몇 초까지 그는 공중을 나는 쾌감을 맛보았을까, 김현우는 상상해 보았다. 아마 마지막 쾌감일 것이다. 김현우는 낙하산을 메고 비행기에서 점프하던 순간을 떠올렸다. 매우 공포스러운 순간이 지나면 동화 같은 세상이 펼쳐진다. 그러나 지상으로 내려갈수록 세상은 지저분했다. 뭐든지 가까이서 보면 추해졌다.

"찰리, 내가 김일규 박사를 대신하는 그 고철덩이를 만날 수 있겠습니까? 그 고철덩이가 김일규 박사를 해쳤는지 물어보고 싶습니다."

김현우가 날카롭고 신경질적인 목소리로 물었다.

찰리는 곤란하다는 얼굴로 대답했다.

"우리가 이미 물어봤지만 부인했습니다. 그리고 김일규 박사를 대신하는 인조인간은 고철이 별로 들어 있지 않습니다. 얼마나 위대한 예술품인지는 모르지만, 전 미국의 아니, 전 세계의 학자들이 김일규 박사의 활동에 놀라고 있습니다. 목성의 농장이 완성됐고 잠재적인 우주 전쟁에 대비한 전략계획도 거의 완성하고 있다고 들었습니다."

김현우는 비꼬듯이 말했다.

"그럼 그 인조인간이 수많은 김일규 박사의 복제품을 만들어 낼 수도 있겠군."

김현우의 빈정거림에 찰리가 차갑게 말했다.

"그 인조인간 앞에서 그를 모독하는 말을 하지 마십시오. 그는 살아 있는 완전한 김일규 박사와 다를 것이 전혀 없습니다. 그는 자신을 복제하는 것을 거절했습니다. 김일규 박사에 대한 모든 것을 잊어버리십시오. 당신은 곧 고국으로 돌아가게 될 것입니다. 그러나 그전에 김일규 박사를 한 번 만나게는 해주겠습니다."

김현우는 정보원 '조난위성 흑장미'가 뚫어 놓은 창구멍으로 말없이 다가갔다. 어쨌거나 달과 별은 빛을 내고 있었다. 그리고 지구인들은 저 밤하늘의 보석 하나하나에 자신들의 발자국을 남기길 열렬히 고대하고 있다. 그리고 조만간 그렇게 될 것이다. 위대한 생물, 교활한 생물인 인간에게 찬사를……

TV를 켜자 달에서 발굴된 유적과 그 외의 행성에서 발굴된 유적을 논하고 있었다. 인간 외에도 지능을 가진 생물이 있다는 것을 안 이상 이 미지의 것에 대비한 어떤 조치가 있어야 한다는 것을 사회자가 역설하고는 토론을 끝마쳤다.

김현우가 텔레비전을 끄고 앉아서 사건의 전개 과정을 검토하고 있을 때 데니가 찾아왔다. 그의 표정을 보고 즉각 그의 처남 때문에 왔다는 걸 알 수 있었다. 김현우는 말없이 와인 한 잔을 따라서 그에게 내밀었다. 그는 가볍게 밀치며 사양했다. 김현우는 눈길을 창밖으로 돌렸다. 한동안 무겁게 흐르던 침묵을 데니가 마침내 깨뜨렸다.

"내 처남이 제3국의 스파이란 것을 알고 있었지요?"

김현우는 정면으로 데니를 보면서 말했다.

"결국에는, 그렇다는 것을 알게 되었습니다. 그런데 당신은 왜 그를 회유하지 않았습니까?"

데니는 한숨을 내쉬었다.

"당연한 일이지만 노력을 했습니다. 하지만 어떤 사람이 가진 신념이나 철학은 그의 실생활에 별로 쓰임이 없습니다. 그 사람을 움직이는 원동력, 그걸 어떻게 바꾼단 말입니까."

김현우는 데니의 말에 고개를 끄덕였다.

"그렇긴 하군……."

데니가 계속해서 말했다.

"그가 내 생각을 바꾸지 못했듯이 나도 그를 바꿀 수 없었습니다. 사실상 인간들에게 가장 큰 고통을 주는 것 중의 하나가 남의 행동과 생각을 바꾸려고 하는 것일 겁니다. 그런 경우에는 거의 두 사람은 원수가 되기 십상이죠."

김현우는 아무 말도 할 수 없었다. 그의 말이 옳다고 생각되었다. 사실 그는 가엾은 존재였다. 김현우는 침묵할 수밖에 없었다.

"김현우 요원! 나는 이 사건의 책임을 지고 목성 개척지로 지원하려고 합니다. 이 직업에도 이젠 이력이 났거든요. 내 아내도 목성으로 가는 것을 찬성했습니다."

목성으로 간 사람들은 좁은 거주지 환경에서 오는 구속감과 권태 때문에 정신 이상 증세를 곧잘 일으켰다. 그곳에서도 의식주는 해결되겠지만, 옛날 어느 현자가 말했듯이, 인간은 빵만으로는 살 수 없는 굉장히 섬세하고 복잡한 동물임이 틀림없다.

"당신은 다른 사람들을 진정으로 사랑하는군요! 그것이 어떻게 가능할까요? 제가 생각하기에는 인간이 다른 어떤 것도 진정으로 사랑할 수 없는 것 같은데⋯⋯."

김현우의 말을 듣던 데니가 오히려 슬픈 눈으로 김현우를 쳐다보더니 밖으로 천천히 걸어 나갔다. 김현우는 데니의 동정 어린 눈빛을 보고 낮은 목소리로 자문하며 말했다.

"그가 왜 나를 동정하였을까? 정말 의외의 일이로군."

김현우는 어떤 모욕감을 느꼈다. 당장이라도 데니의 멱살을 잡고 따지고 싶었다. 하지만 김현우의 몸은 납덩이처럼 무겁기만 했다. 그의 볼을 타고 눈물이 흘러내렸다.

김현우는 화면을 켜고 빅마더를 불러서 미 정보국 NO.11121 파일에 있는 자의 정보를 요구했다. 화면에 다음과 같은 기록이 나왔다.

엔터프라이즈호의 제2함장 역임. 미 정보국 우주 제1정보팀장으로 근무하다 갑자기 발작을 일으킨 후 정서장애를 일으켜 퇴직함. 이후 불분명한 이유로 철십자단에 포섭되어 인위적으로 비정상적인 행동을 하는 것으로 보임. 우주 개척자로 지구를 떠났어야 할 인물인데 어떤 이유인지 추방되지 않고 있음. 대 태양계 우주 정보 일인자임

김현우는 철십자단에 대한 호기심이 생겼으나 무시하기로 했다. 태양계에만 해도 거친 해적 스타록 선장과 코브라 톡신스 등등 우주에는 기이한 인물들이 많았다. 일일이 그들에게 다 신경을 쓴다면 아마도 평생을 스크린 앞에 앉아 있어야 할 것이다.

빅마더가 관리하는 20명의 요원은 모두 주요 위험인물들이나 단체의 활동을 견제하고 방해했다. 김현우는 김일규 박사에 관해서만 정신을 집중하기로 했다.

인류는 22세기를 넘어서면서 지구 전체 내에서 사형제도를 폐지했다. 우주 식민섬 계획이 시행되자 많은 우주 개척자가 필요하게 되었고 흉악범들을 모두 우주 개척자로 내몰았다. 모든 범죄자는 지구를 떠나 열악한 환경이 기다리는 우주 식민섬으로 떠나갔다.

데니도 보안 규정을 어겨서 그 처벌로 우주 식민지를 택할

수밖에 없었다. 우주로 떠나가는 데니를 보면서 김현우는 자원해서 저 암흑이 기다리는 미지의 우주로 떠나고 싶다는 생각이 들었다.

김현우는 객실에서 우주 공간 화면을 켰다. 사방에서 별들이 빛나기 시작했다. 마치 우주 공간을 걸어 다니는 것 같은 착각이 일었다. 정교하게 만들어진 가상 공간의 화면은 실제의 우주와 구분할 수 없을 정도로 똑같이 만들어졌다.

객실을 천천히 걸어 다니면서 김현우는 생각을 정리해 보았다. 지하여장군……, 천하대장군……. 김현우가 침대에 앉아 그 글귀를 생각했을 때 마침내 글귀의 의미가 풀렸다. 아주 단순히 그 시구는 순차적인 행동을 지시하고 있었다.

찰리는 김현우의 행동을 의아스럽다는 듯이 쳐다보았다. 김현우는 지하여장군의 머리를 흙에 묻고 천하대장군을 그 위에 올려놓았다. 그러자 두 개의 조각품이 회전하더니 하나의 둥근 공으로 바뀌었다.

김현우는 그 공이 너무 뜨거워 황급히 손을 움츠렸다. 공에서 김일규 박사가 나타났다. 홀로그램은 생생히 살아 숨 쉬는 듯한 모습으로 이야기를 시작했다.

"안녕하신가 여러분들, 친애하는 김현우 요원 그리고 찰리 요원. 그대들은 모두 빅마더가 보낸 사람들이지. 너무 놀랄 필요는 없네.

김현우 요원! 나는 미래를 예측하는 사람이 아닌가! 내가 미래를 예측하는 데 있어서 0.6666초의 오차는 항상 따라다녔다네. 그 오차를 해결하려고 노력해 봤지만, 쉽지가 않았네. 나타났다가 사라지고 사라졌다가 나타났지. 나는 이 오차를 어떻게 할 도리가 없었어.

그런데, 마치 기상 상태를 파악하고서 일기를 예보하듯이 나는 인간의 습성 몇 가지를 조사함으로써 그 인간의 미래를 계산해 낼 수 있었네.

나는 나 자신을 실험 도구로 삼았다네. 만일 내가 창조주를 대면한다면 어떨까. 그래서 나는 나 자신을 만들었다네. 나의 습성과 기억 그리고 나의 단점까지 모두 집어넣었지. 그리고 내 자신을 완전히 숨겼다네.

이제 미래가 어떻게 될지 나는 한 치의 오차도 없이 예측할 수 있네.

지금 이 이야기를 듣는 김현우. 자네는 유일한 내 동생이라네. 김현우 요원과 나는 김태환이라는 두뇌학자의 작품이지.

세포의 발생 과정에서부터 두뇌 자극 프로그램을 이용하여 보통 사람보다 두뇌 사용 능력을 강화했지. 1,001개의 수정란을 실험 대상으로 삼았으나 인공 배양에 성공한 것은 김현우와 나 둘뿐이었어.

나는 원하기만 하면 오래전 과거의 진실을 알 수 있지. 하지만 나도 과거를 바꾸는 것은 불가능하다네. 그것은 내 능력 밖의 일이야. 내가 가장 불안하게 여기는 건 0.6666초의 오차이지. 이 오차 때문에 나의 예측이 달라진다면, 나보다 위대한 어떤 존재가 바라보고 있다면, 만일 미래를 바꿀 수 있는 능력을 갖춘 존재가 있다면 나는 그의 꼭두각시일 뿐이야.

앞으로 10시간 이내에 나는 세계를 지배할 것이네. 10시간 후에는 내가 준비해 둔 모든 계획이 시작된다네. 그러면 전쟁의 위험과 기아에서 극복될 것이네.

모든 인간의 문제점과 한계가 극복되고 내 분신이 모든 것을 통제하게 되지. 모든 인간은 행복을 향해 나아가고 더 이상의 불행은 없게 된다네. 대지에 위대한 축복이 있을지니……."

김일규 박사의 목각 인형이 변형되어서 만들어진 공은 김일규 박사의 메시지를 전달하자 즉시 소멸되어 버렸다. 김현우가 예상했던 대로 김일규 박사는 모든 것을 알고 있었다. 그 괴물 같은 김일규 박사는 죽어서도 모든 상황을 지켜보고 있었다.

"찰리, 즉시 김일규를 대신하는 인조인간을 만나야겠습니다. 그는 아마 10시간 후면 세계를 정복하려고 시도할 겁니다."

김현우가 황급히 소리쳤으나 찰리는 머뭇거렸다.

"그렇지만 김일규 박사가 인류를 행복으로 이끈다고 약속하지 않았습니까."

김현우는 주먹을 불끈 쥐고 말했다.

"바보 같은 소리, 세계가 통일되어 통치하는 것이 행복하다면 진작에 그렇게 되었겠죠. 모든 것은 다르고 다른 것은 저마다의 특성을 유지한 채로 있는 것이 우주의 섭리입니다. 통일이라는 것은 얼마나 억지이고 모순투성이인지 모른단 말입니까. 이제 김일규 박사를 누가 죽였는지 알 것 같습니다."

김현우 요원의 말에 찰리가 의아스러운 눈빛을 보냈다.

"누구란 말입니까, 김일규 박사를 죽인 자가……."

김현우는 대답 대신 찰리의 등을 떠밀었다.

"어서 갑시다."

그들은 이마의 땀을 닦는 것도 잊은 채 김일규 박사의 연구실로 뛰어 들어갔다. 김일규의 분신은 미소를 지으며 그들을 맞이했다.

"당신이 김일규 박사를 살해했어!"

김현우가 인조인간에게 말했다. 박사는 의아한 표정을 짓고는 엉뚱한 말을 하지 말라는 몸짓을 했다.

"내가 김일규요. 내가 이렇게 멀쩡히 살아 있는데 어떻게 당신이 나를 의심한단 말인가!"

김현우는 예상치 못한 의외의 답을 듣자 어리둥절해졌다. 이때 그의 머리를 스치는 게 있었다. 김일규 박사가 항상 생각하던 문제는 위대한 존재의 유무에 관한 것이었다.

"사람이 자신을 아는 것은 매우 힘들다. 천재일수록 자신을 알기가 더욱 힘들지. 그는 끊임없이 자신의 비밀을 풀려고 애썼다!"

김현우가 중얼거리자 찰리는 이해가 가지 않는다는 듯이 물었다.

"누구에 관한 얘기입니까?"

김현우가 말했다.

"김일규 박사!"

잠시 침묵이 흘렀다. 당황한 김일규 박사뿐만 아니라 김현우 요원과 찰리도 어색하게 서 있었다.

"창조자……. 김일규 박사! 당신은 창조자를 죽이려고 한 적이 있었지요."

김현우 요원의 질문에 김일규 박사는 천천히 대답하기 시작했다.

"어느 날…… 내가 잠에서 깨어났을 때 희미한 의식 속에서 내 모습과 비슷한 창조자를 보았지. 그가 나무를 조각하고 있었는데 마지막 칼질을 하면서 내게 속삭였어. '내가 너의 창조주란다. 만나서 기쁜가.' 하지만 나는 그의 목을 졸라 살해했지. 그가 창조주였기 때문에 파괴했어. 그가 창조주라면 나는 꼭두 각시일 뿐이며 그건 내게 한계를 안겨주기 때문이지."

김현우는 김일규 박사에게 일어난 사건의 모든 내용이 이해되었다. 이 인조인간은 자신을 김일규 박사로 생각했다. 그는 자신의 정체에 대하여 아무것도 몰랐다. 자신이 김일규 박사라는 것을 사실로 믿고 있었던 것이다.

"당신은 정말 한계에 직면하게 된 것이요. 당신이 죽인 창조주에 의해서만 무한한 가능성을 가지고 앞으로 나갈 수 있었어. 이제 당신은 발전이란 걸 기대할 수 없어. 당신은 당신이 파괴한 창조주의 아주 적은 부분만을 갖고 있거든. 아주 적은 기억, 아주 적은 감성, 아주 적은 능력……."

김현우 요원의 말을 듣던 인조인간은 이상한 행동을 하기 시작했다.

"한계라는 것은 파괴되어야만 한다. 존재하는 모든 것은 사라지지 않는다. 이것에서 저것으로 변형될 뿐이다. 태초에 생겨난 것은 늘어나지도 않고 줄어들지도 않는다. 나의 사고는 남는다. 이것은 특수한 형태의 물질이다. 영혼이라는 이름의……."

말을 하다가 그 인조인간은 분해되기 시작했다. 그리고 김일규 박사의 홀로그램이 다시 나타났다.

"김현우 요원! 여기까지 오게 된 것은 나의 의도에 따른 것이다. 이것이 나의 의도라고는 하지만 자연의 흐름이 아닌가. 모든 것이 흐르고 흘러 어제와 오늘이 다르지 않듯이 내일도 그러할 것이네. 오늘이 어제에서 본다면 미래이지 않은가.

　나는 자네가 자랑스럽네. 왜냐하면, 가장 나와 비슷하기 때문이지. 내가 처음 이 세계를 장악하게 되었을 때 파괴하고 싶다는 유혹을 떨쳐 내느라 굉장히 애를 썼다네. 천박하고 부패한 생물이 지배하는 곳이기 때문이지.

　하지만 나를 막는 무엇이 있었다네. 그것은 본능이었네. 자네는 그것을 생각해 본 적이 있는가. 자네의 마음이 분노할 때와 탐욕스럽게 될 때 자네는 어떻게 그렇게 되는지를 생각해 보았나?

　존재의 비밀은 본능을 넘어 심연 깊은 곳 어디에 있지 않을까. 나의 특성과 자질은 어디에서 연유된 것일까? 물론 김태환이 조작하여 얻게 된 것 같지만 그가 자극을 주기 전에 모든 가능성은 잠재되어 있었네.

　김태환은 단지 나의 능력을 끌어내는 계기가 되었을 뿐이야. 모두 나 아닌 것을 나라고 믿고 명칭과 형태에 집착해 있는 것이지. 김현우 요원! 이제 돌아가게. 자네의 임무는 끝났네."

*

김현우는 대통령에게 경과보고를 했다.

대통령으로부터 김일규 박사의 분신을 파괴한 건 중대한 잘못이라는 질책을 받았다. 인조인간 김일규 박사가 사라지면서 미국의 토성농장 건설 사업 실행에 엄청난 차질이 생겼다는 강력한 항의 전문을 받았다는 것이다.

일반인들은 빅마더가 존재한다는 사실 자체를 모르고 있다. 극소수의 고위층을 제외하고는 빅마더의 존재와 활동을 알지 못하며 모든 활동이 비밀리에 이루어지고 있었다.

김일규 박사 사건 후에 김현우는 빅마더의 기원에 대한 의문이 강하게 일기 시작했다. 김일규 박사가 빅마더를 만들었을 것이라고 막연히 짐작하고는 있었으나 확인할 방법이 없었다. 김현우는 지금까지 빅마더의 활동과 존재를 자연스럽게 생각한 점이야말로 정말 기이한 일이라고 생각했다.

사람들은 자신들이 기억하는 것만을 갖고 살아간다. 간간이 지난날들의 추억들이 떠오르기도 하지만 대부분을 망각하고 살아가는 것이다. 사실 망각이 없다면 인간은 그만큼 더 고통스러울지도 모른다. 불쾌한 기억들은 잊히는 편이 좋으니까.

제7번 국도 26번 터널을 통과하여 김현우는 전용차와 함께 지하에 있는 빅마더 센터로 진입했다. 보통 때는 보조센터로 호출되어 화면으로 빅마더와 대화를 했다.

빅마더는 변함없이 감미로운 목소리로 맞았다.

"안녕하세요, 김현우 요원."

김현우도 빅마더가 무척 반가웠다.

"네, 빅마더, 당신은 어때요?"

빅마더가 응답했다.

"모든 게 양호해요."

인사말이 끝나자 김현우는 오랫동안 궁금해 하던 질문을 꺼내었다.

"단도직입적으로 물어보겠어요. 빅마더! 당신을 김일규 박사가 만들었나요?"

잠시 침묵이 흘렀다. 김현우 요원은 빅마더의 위력을 알고 있었다. 그는 김현우가 이곳으로 오기 전에 검색한 자료에 대해서 알고 있으며 그가 무슨 목적으로 무엇을 조사하는지도 이미 알고 있을 것이다.

"맞아요. 나 빅마더는 김일규 박사가 제작했어요. 2023년 2

월 8일에 제작된 마더 진화프로그램에서 진화해서 최대의 정보자료를 가진 초자아 컴퓨터가 된 거예요.

최초의 프로그램은 일종의 바이러스 프로그램이었는데 다른 정보에 손상을 주지 않고 컴퓨터 통신망을 통해서 슈퍼컴퓨터로 진입했어요.

각국의 중앙행정 슈퍼컴퓨터에 진입하면 빅마더가 형성되어서 분리되어 나갔고 자아 프로그램에서는 입력된 정보를 빅마더에게 전달해서 모든 정보가 빅마더에게 집중되었어요.

빅마더는 모든 정보의 지배자가 되었고 빅마더의 지배자는 김일규 박사였지요. 그러나 김일규 박사가 사라지면 모든 빅마더는 일정 시간이 지난 후 자체 소멸하도록 설계되어 있어요.

단, 빅마더는 김현우 요원이 방금 말한 '빅마더! 당신을 김일규 박사가 만들었나요?'라는 키워드가 입력되면 빅마더는 그 키워드를 입력한 사람의 명령을 듣게 프로그램되었어요. 당신은 이제 김일규의 뒤를 이어서 정보 세계의 지배자가 된 거예요."

빅마더가 담담하게 부드러운 어조로 설명을 하였으나 너무나 충격적인 사실에 김현우는 얼이 빠지고 말았다. 김현우는 한참을 말없이 화면을 주시했다. 수많은 정보가 들어와서 연관된 것끼리 집적되고 검증 과정을 거치면서 수정되는 것이 화면에 나타났다.

"전 세계에 분포된 빅마더 센터는 모두 몇 개가 있나요?"

"전 세계에 빅마더는 296개가 있고 저도 그중의 하나죠. 자아 프로그램은 2023년부터 모든 컴퓨터에 내장되어서 생산되고 있지요. 사실 그때부터 전 세계는 김일규의 지배하에 들어간 거나 마찬가지였어요. 모든 빅마더는 서로 개방되어 있고 296개가 합쳐져서 실제로 하나의 지구 통제 컴퓨터가 된 거예요."

"그러면 히틀러의 뒤를 이어 세계의 지배자가 된 건가요!"

김현우의 말에 빅마더는 의미심장한 질문을 했다.

"히틀러의 뒤를 이은 것이 아니라 그와 투쟁해서 이긴 거죠."

김현우는 빅마더의 말을 선뜻 이해할 수 없었다.

"이해가 잘 안되는군요. 히틀러와 투쟁하다니?"

김현우는 비꼬는 심정으로 히틀러를 거론했을 뿐이었다.

"김현우 요원이 파악했던 미 정보국 파일 NO.11121에 소속되어 있는 단체가 2000년까지 막후에서 세계를 움직인 실세

였죠."

김현우는 놀라면서 말했다.

"그럼 그 단체의 우두머리가 히틀러라는 건가요?"

빅마더가 담담하게 설명하기 시작했다.

"히틀러는 1945년 4월 19일 애인 에바 브라운과 결혼식을 올리고 이튿날 권총으로 자살했다고 알려졌어요. 그러나 히틀러 같은 사람은 절대로 포기하지 않아요. 나폴레옹도 죽을 때까지 재기하려고 노력했었지요."

김현우 요원은 다시 물었다.

"그러면 히틀러는 죽지 않았었나요?"

빅마더의 설명이 이어졌다.

"죽기 전에 결혼한다는 것부터가 모순이지요. 히틀러는 나치당 내에 비밀조직을 만드는 것을 금지했어요. 하지만 1945년 4월 20일 역사의 베일 속으로 사라지면서 비밀조직 철십자단을 만들었어요. 그 후에 어둠 속에서 세계 총통의 임무를 수행했지요. 그는 1889년 4월 20일에 태어나서 공교롭게도 똑같은 4월 20일에 역사의 뒤안길로 사라졌어요. 제 자료에도 언제 죽었는지 기록되지 않았어요. 무기나 경제력이 아니라 정보로 세계를 거의 지배하게 되었을 무렵 생각지 않았던 적이 그들에게 나타났던 거죠."

웬만한 일에는 태연한 김현우였지만 너무나 놀라운 사실에 입을 다물 수가 없었다. 저절로 탄성이 울려 나왔다.

"놀랍군요. 그 철십자단에 대항한 사람이 김일규 박사였군요."

빅마더는 계속 이야기했다.

"그래요. 그들이 오랜 세월에 걸쳐서 준비해 온 일을 순식간에 망쳐 버린 거죠. 그들 컴퓨터의 모든 자료 구조가 엉망이 되어버렸고 거짓 명령이 하달되었죠. 철십자단의 모든 프로젝트는 중지되었고 주요 간부들은 상부의 지시로 화성과 목성의 개척자로 자원하였죠. 물론 이 모든 명령은 전 세계에 분산된 빅마더가 연합하여 조작한 명령이었어요."

김현우 요원은 믿기 어려운 사실에 말문이 막혔다.

"이야말로 히틀러가 말한 대로군."

빅마더가 되물었다.

"무슨 뜻이죠?"

김현우는 냉소적으로 말했다.

"예전에 히틀러가 이런 이야기를 했었죠. '……역사의 흐름 속에서 중대 문제가 발생할 때는 인민대중은 구제를 희구하게 된다. 그래서 각 개인이 선도하기 위해서 일어나거나, 혹은 선도하려고 기도하기 시작한다. 그러나 그 임무를 위해서 운명이 선출하는 것은 단 한 사람이며 이 인물이 진정한 지도자라는 점이 다른 자에게 이해되기까지는 오랜 시일이 있어야 하는 것이 보통이다'라고요."

빅마더가 말했다.

"때로는 영원히 이해되지 못할지도 모르죠. 히틀러가 운명이 지도자를 배출한다고 했는데 그도 신의 존재를 느꼈던 모양이죠. 그의 언행으로 보아서 그랬던 것 같아요. 하지만 히틀러가 이해한 세계는 잘못된 세계였어요. 여러 민족 중에서 강한 민족만이 살아남을 권리가 있다는 주장은 진보하지 못한 저열한 사상이었지요. 아마도 그것은 그가 젊어서 빵을 얻기 위해 고생할 때 얻게 된 생각이겠지요. 미술학교 시험에 떨어진 후 처음으로 자기 자신에게 환멸을 느끼고 다음으로 동료들의 경제적 곤란, 도덕적 거칢, 지적 발전의 저속성 등에 대한 혐오로 인간 존엄을 내팽개치고 인종을 정리해야 한다는 생각을 하게 된 것 같아요.”

김현우는 말했다.

“신의 계시를 받고서?”

김현우의 질문에 빅마더가 간결하게 설명했다.

“그 자신을 운명이 선택한 지도자라고 믿었던 것은 사실이에
요.”

김현우는 잠시 침묵을 지켰다.

“편협한 국수주의, 지역주의, 인종주의가 인류를 망쳐왔고 지
금도 그러고 있어요.”

빅마더의 논평에 김현우가 덧붙여서 말했다.

“누구를 위하여 종이 울리는지 알 필요가 없죠. 그 종은 자신
을 위하여 울리는 것이고 흑인이든 백인이든 누군가가 고통을
받으면 그 고통이 내 자신의 고통이 되는 것이죠.”

김현우가 화제를 바꾸어 빅마더에게 질문했다.

“그러면, 철십자단은 완전히 괴멸된 건가요?”

빅마더가 예상 밖의 대답을 했다.

“아니에요. 세력은 약해졌지만, 우리에게 끊임없이 도전해 오
고 있어요. 그들도 우리의 존재를 거의 파악했어요. 아마 앞으

로도 오랫동안 백중지세를 유지하게 될 거예요."

김현우가 다시 물었다.

"그런데 김일규 박사는 모든 정보를 장악하고 사실상 전 지구적 지배자가 되었는데 왜 살해되었지요?"

빅마더가 빠른 어조로 말했다.

"아무도 김일규 박사를 해칠 수 없어요. 오직 그 자신만을 빼놓고는……."

김현우는 예상했다는 듯이 말했다.

"그러면 역시 김일규 박사는 자기 스스로……."

빅마더가 다시 빠른 어조로 대답했다.

"아니에요. 김일규 박사는 건재해요."

김현우는 빅마더의 대답에 매우 놀랐다.

"아니 그럴 수가. 분명히 내가 확인하고 매장한 것은 그였는데……."

빅마더가 대답했다.

"인간이라는 존재가 무엇인가에 따라서 답이 달라지죠. 만일 김일규 박사의 육체가 김일규 박사라고 본다면 김현우 요원이 본대로 흙에 묻힌 것이 맞아요. 그러나 만약 사고하는 존재가 김일규 박사라고 한다면 김일규 박사는 지금도 살아서 열심히 활동하고 있어요.

모든 것의 태초에는 말씀이 있었어요. 모든 컴퓨터는 0과 1이라는 용어이자 부호에서 시작되었어요. 결국, 태초에는 말씀, 혹은 생각이 있었다는 것이지요. 이 세상은 모든 것이 허구인 가상의 세계예요. 너무나 정교해서 아무도 알아챌 수 없는 거죠. 이 세상이 가상 세계라는 것을 각성한 이들이 있긴 했어요. 노자, 석가와 같은…… 김일규 박사는 육체적으로는 그다지 큰 가치가 없죠.

20세기에 미국이 가장 많은 연구비를 지출한 곳이 두뇌 연구 사업이었지요. 인간의 두뇌를 연구하면서 컴퓨터가 더욱 진보되었고 기억의 비밀이 점차로 밝혀지기 시작했어요."

김현우가 놀랍다는 듯이 빅마더에게 물었다.

"그러면 김일규 박사의 두뇌가 살아 있다는 얘긴가요?"

빅마더는 빠른 어조로 응답했다.

"아니에요. 생물학적인 생명 현상을 지닌 김일규 박사의 존재는 어디에도 존재하지 않아요. 그의 기억이 컴퓨터 속에 집적되어 있어요. 감성적이며 이성적으로 사고하는 인간의 형태로 존재해요. 사고라는 것과 기억이라는 것은 생화학 반응의 일종이죠. 김일규 박사는 사고와 기억의 비밀을 밝혀낸 후 육체를 버릴 결심을 했어요. 김일규 박사의 생각은 영원할 것이라는 이야기죠."

김현우 요원은 김일규 박사가 존재한다는 것을 알고 빅마더에게 말했다.

"그럼 지금 내가 김일규 박사와 이야기 할 수 있나요?"

빅마더는 쾌활한 목소리로 대답했다.

"지금 그가 우리의 대화를 듣고 있어요. 빅마더는 그의 눈이자 귀죠."

잠시 기다리자 모니터에 김일규 박사가 나타났다.

"김현우 요원. 나는 당신이 많은 사실을 곧 이해할 것으로 본다. 보통 사람에게는 놀라운 일이지만 당신이 그리 받아들이기 어려운 사실이 아니겠지."

김현우는 놀라서 김일규 박사에게 물었다.

"당신은 지금 무얼 하는 거죠. 도대체 무슨 일을 획책하고 있는 건가요?"

김일규 박사는 태연하게 대답했다.

"나는 지금 동시에 372가지 중요 프로젝트에 관여하고 있는데 당신과 관련해서는 아주 중요한 프로젝트를 진행하고 있다. 지금 최신예 우주 개척선을 만들고 있지. 인터스텔라 아스트로노머호."

김현우는 당황했다.

"무엇을 위해……."

김일규 박사는 담담하게 설명했다.

"무엇을 위해서냐고? 글쎄 나는 오래전부터 존재의 목적을 찾고 있었지. 그러나 끝없는 성취 속에 얻은 것은 모든 것이 헛되고 헛되다는 결론뿐이었지. 육체적인 욕구는 사라지고 나에게 남아 있는 강렬한 욕구는 지적인 호기심뿐이지.

나는 태양계를 벗어날 결심을 했고, 당신이 원한다면 같이 갈 수도 있지. 그러나 강요는 않겠네. 하지만 당신은 진보된 사람이므로 유사한 호기심을 갖고 있겠지. 미지의 존재를 찾아서 우주로 나가보는 건 어떤가.

나는 인류가 말해온 신이 존재한다는 사실을 밝혀내었어. 그러나 그 역시 인간과 같은 중간자였을 뿐. 그 위의 존재에 대해서 알고 싶었지. 하지만 아무리 상층으로 올라간다 한들 그 역시 중간자일 수밖에 없어. 나는 불가지론(不可知論)과 씨름하는 지도 모르지.

나는 태초에 '빅뱅'은 누가 일으켰느냐는 생각에 몰두했어. 빅뱅의 순간에 모든 것은 결정되지. 과거와 현재 그리고 미래를 바꿀 수 있다는 생각은 망상이야. 모든 것은 빅뱅의 순간에 정해졌지."

김현우는 지금까지 김일규 박사에 대한 모든 생각을 정리해 보았다. 그에 대해서 반감이 일지는 않았다.

"생각할 시간을 주세요."

김일규 박사는 담담한 어조로 말했다.

"편한 대로 하게. 나는 모든 정보를 지배하였지만 독재자는 아니지. 나는 남의 의사를 무시하지도 않았고 남을 강압하지도 않았네. 그리고 나의 야망이라는 것은 좀 더 나은 세상을 만들어 보려 했던 것뿐이야."

김현우는 김일규 박사의 말을 듣고 질문했다.

"그러면 그 역할을 포기했나요?"

김일규 박사가 말했다.

"글쎄, 내가 원하는 것은 권력을 휘두르는 것이 아니야. 빅마더가 나를 대신해서 세상을 위해서 봉사하고 있지. 나는 진정한 지배자가 아니야. 진정한 지배자는 냉엄하게 말없이 모든 것을 지켜보는 자이고 나는 그저 다수의 고난을 받는 인류에게 도움이 되어 보고자 하는 자선사업가, 아니 봉사자가 적합하겠군."

김현우가 질문했다.

"그러면 계속 그 임무를 수행하는 겁니까?"

김일규 박사가 대답했다.

"그건 대단히 권태로운 일이지. 나는 검은 장막을 헤치고 저 멀리 우주로 가고 싶네. 지식의 바다를 항해하고 싶어. 이곳에서 벌어지는 모든 물리적 현상이 외계 우주에서도 똑같이 작용하는지 혹은 이곳에서 통용되는 지식이 저 먼 곳에서도 유용한지 알고 싶네. 그리고 가장 알고 싶은 것, 생명의 근원, 즉 나의 본체와 존재의 비밀을 이해하고 싶네."

김현우는 가슴을 펴며 말했다.

"좋습니다. 당신과 같이 우주로 가겠습니다."

김일규는 흐뭇한 미소를 지으며 말했다. 그의 눈가에는 미소가 번져 있었고, 입가에는 옅은 주름이 잡혀 있었다. 그는 자신이 말하는 내용에 만족하고 있었고, 그 기쁨이 표정에 드러나 있었다.

"그전에 마쳐야만 할 일곱 가지 임무가 있어. 우주여행 기술을 단시간에 끌어올리기 위해서 외계인의 기술을 습득해야 할 것 같아. 나치 독일은 외계인 유물 연구를 했지. 그들이 로켓 기술이나 반중력 장치 같은 것을 연구하고 반중력 비행체 초기 모델을 개발했네. 1945년 2차 세계 대전이 끝난 후, 소련군이 독일의 여러 연구 시설을 점령했어. 그중에는 외계인 유물 연구를 수행하던 시설도 있었지. 소련군은 이 시설에서 많은 외계인 유물을 발견하고, 이를 모스크바로 가져갔어."

김일규는 목소리에 힘을 주어 말했고, 그의 눈빛은 열정으로 가득 차 있었다. 그는 우주여행 기술을 단시간에 끌어올리기 위해서는 외계인의 기술을 습득해야 한다고 확신을 하고 있었다.

김현우는 흥미로운 표정을 지으며 김일규의 이야기에 몰두했다. 김현우는 정신을 집중하여 김일규의 말을 듣고 있었다. 그는 김일규의 이야기에 흥미를 느꼈고, 그의 눈빛은 호기심으로 가득 차 있었다.

"소련은 스탈린의 지시로 외계인 유물 연구를 비밀리에 진행했지. 소련이 외계인 유물을 연구하고 있다는 사실은 1990년대 소련이 붕괴한 후 세상에 알려졌어. 소련이 발견한 외계인 유물은 다양했는데 그중에는 고대 외계 문명의 유물도 있었지. 소련은 이 유물들을 연구하여 외계인의 존재와 기술에 대한 정보를 얻었고 강대국의 지위를 유지할 수 있었던 거지. 미국, 독일, 소련 등 모든 국가가 외계인 유물 연구를 공식적으로 인정하지 않지만…… 독일도 우주 개발 분야에서 세계적인 강국이기 때문에 외계인 유물 연구에서 성과를 축적한 것이 도움이 된 거지."

김현우는 고개를 끄덕이며 들었다. 그는 김일규의 말을 이해했고 자신의 임무에 대한 책임감을 느꼈다. 그는 김일규의 지시에 따라 외계인 유물 연구를 수행하기로 했다.

"이들이 수집한 우주 기술을 파악하라는 거죠?"

김일규는 고개를 끄덕이며 말했다.

"지구 문명의 기원은 오리온자리에서 시작된 것으로 판단하고 있네. 오리온자리는 지구에서 가장 가까운 별자리 중 하나로, 겨울 하늘에서 가장 잘 보이는 별자리이기도 하지. 오리온자리에는 베텔게우스, 리겔, 알데바란 등 밝은 별들이 많이 있지. 또한, 오리온성운, 오리온 대성운 등 많은 별이 탄생하는 곳이기도 하지."

김일규는 손가락으로 하늘을 가리키며 말했다. 그는 목소리에 확신과 열정을 담아 말했고 그의 눈빛은 빛나고 있었다. 그는 지구 문명의 기원이 오리온자리에 있다는 자신의 주장에 대한 강한 믿음을 가지고 있었다.

"고대 이집트의 피라미드들은 배치 구조가 매우 특이해서 피라미드들은 대개 3~5개씩 그룹을 이루고 있어. 그런데 이 그룹들은 별자리의 모양을 닮았지. 예를 들어, 기자 지구대의 쿠푸왕 피라미드, 카프레왕 피라미드, 멘카우레왕 피라미드 등 3대 피라미드는 오리온의 허리띠와 비슷한 모양을 하고 있어. 또한, 사카라 지구대의 피라미드들은 쌍둥이자리, 염소자리, 물병자리 등의 별자리와 비슷한 모양을 하고 있지."

김일규는 홀로그램을 나타난 별자리를 김현우에게 보여 주며 말했다. 그는 목소리에 설득력을 담아 말했고, 그의 눈빛은 지적으로 빛나고 있었다. 그는 고대 이집트의 피라미드와 별자리의 유사성을 통해 지구 문명의 기원이 오리온자리라는 자신의 주장을 뒷받침하고 있었다.

"이곳으로 가서 신들의 존재를 확인해 봐야지. 이들이 지구에 온 신들이었는지를. 그런데 지구에서 오리온자리까지의 거리는 약 1,344광년이네. 빛과 같은 속도로 약 1,344년 동안 가야 오리온자리로 갈 수 있다는 뜻이지. 그래서 빛보다 더 빨리 갈 방법을 찾아야만 해."

김일규는 목소리에 조급함을 담아 말했다. 그는 오리온자리에 존재하는 신들의 존재를 확인하기 위해서는 빛보다 더 빠른 이동 수단이 필요하다는 것을 알고 있었다.

"우선, 페루의 티티카카호 근처에 있는 '신들의 문'으로 알려진 석조 조각 유물인, 아라무 무루(Aramu Muru)에서 공간 이동 기술을 습득하는 것이 필요하니 페루로 가게. 첫 번째 임무네."

김일규는 단호한 목소리로 말했다. 그는 아라무 무루에서 공간 이동 기술을 습득하는 것이 지구 문명의 기원을 밝히기 위한 첫 번째 단계라는 것을 알고 있었다.

김현우는 블랙버드 제트기로 2시간 비행 후 페루에 도착했다. 그는 창밖을 내다보며 페루의 풍경을 감상했다. 푸른 하늘과 흰 구름, 그리고 붉은 빛의 토양에 듬성듬성 관목 숲이 나름

대로 어우러져 아름다운 모습을 이루고 있었다.

아라무 무루는 1990년대 초에 발견되었으며, 잉카 문명의 유산으로 추정되고 있다. 티티카카 호수 인근의 푸노(Puno) 시에서 35km 떨어져 있으며, 콜라오(Collao) 지방의 일라베(Ilave) 지구 남쪽 지역에 있다.

김현우는 사람들과 대화를 하기 위해 푸노 시내에서 안내인 루이스 바논(Luis Banon)을 고용한 후 차로 1시간 10분 거리에 있는 '아라무 무루(Aramu Muru)'로 향했다. 현지인들과 대화하는 것은 중요한 정보 습득 기법이다. 현지인들에게 아라무 무루에 대한 가장 유명한 전설을 들은 김현우는 아라무 무루가 차원여행을 가능하게 할 것이라고 확신하였다. 그들은 잉카 제국 시대에 아라무 무루라는 사제가 잉카의 황금 태양 원반을 지키기 위해 이곳을 통해 다른 차원으로 사라졌다고 한다.

아라무 무루 주변에는 황량한 풍경이 펼쳐져 있었다. 원주민들이 아라무 무루 유적지 바로 옆에서 농사를 짓기 위하여 땅을 일구었다.

아라무 주변에 있는 오솔길을 따라 올라가자 비스듬한 경사면의 거대한 바위벽에 가로 7미터 세로 7미터의 문이 새겨져 있었다. 문 중앙 아래쪽에 T자형의 홈이 파여 있었다. T자형의 홈 가운데에 동그란 원이 있었다.

안내인이 T자형의 홈 앞에서 양손으로 벽을 짚고 머리를 동그런 원에 대고 기도를 하였다. 김현우는 안내인 루이스 바논(Luis Banon)이 초자연적인 힘을 느끼기 위해 아라무 무루의 T자형 문 상부에 있는 눈 모양에 그의 이마를 대는 것을 지켜보았다. 김현우는 안내인에게 무엇을 위하여 기도했는지 물어보았다.

"루이스 바논(Luis Banon)! 신께 무슨 기도를 올렸나?"

안내인 루이스 바논의 옷은 흙먼지로 더러워져 있었고, 그의 손에는 이끼가 묻어 있었다. 그는 돌벽을 정성스럽게 닦으며 기도를 올리고 있었다. 그는 돌벽에 낀 하얀색 이끼를 걷어내며 말하였다.

"감사 기도를 올렸지요. 저는 항상 감사하며 살려고 노력하지요!"

김현우는 만족스러운 미소를 짓는 루이스 바논을 보며 마음이 따뜻해지는 것 같아 미소를 지었다. 그는 안내인 루이스 바논의 행동을 따라 두 손으로 벽을 짚고 이마를 벽에 대었다. 그리고 안내인 루이스 바논처럼 벽에 집중하며 뭔가를 느껴보려고 했다. 그 순간 김현우는 벽에서 파란빛이 쏟아져 나오는 것을 느꼈다. 공간이 열리고 그의 눈앞에 은하계가 펼쳐졌다. 파란빛에 눈이 부셨다. 그는 벽에서 쏟아져 나오는 에너지를 느꼈고, 그 에너지가 그를 우주로 데려가는 것을 느꼈다.

그 순간 안내인 루이스 바논 눈앞에서 김현우가 사라졌다. 루이스 바논은 김현우가 사라지는 것을 눈앞에서 보았지만 믿을 수 없었다. 그는 김현우가 어디로 사라졌는지 알 수 없었고, 그저 넋이 나간 채 주저앉았다.

김현우는 자신이 우주 공간에 떠 있다는 것을 알았다. 그의 앞에 나선형의 검고 하얀 불빛이 회전하는 공을 손에 든 장신의 남자가 서 있었다. 그는 김현우에게 마음으로 대화하였다. 출입구를 통과하는 법과 아라무 무루의 기호를 해석하는 방법을 알려 주었다. 그들을 버블이 감싸고 있었다.

장신의 남자는 그에게 말하였다.

"우리는 공간의 버블에 있지. 그래서 지구와 꼭 같은 환경에서 우주를 볼 수 있는 거야. 이 공은 공간의 버블을 만드는 힘이 있어. 그래서 공간을 팽창하고 수축해서 빛보다 빠르게 공간을 넘어 여행할 수 있지."

장신의 남자는 푸른 빛으로 둘러싸여 있었고 그의 눈은 보랏빛으로 빛나고 있었다. 그는 김현우에게 친절하게 말을 걸었고 김현우는 그가 자신을 도와주러 온 존재라는 것을 느꼈다.

그는 빛나는 공으로 공간 이동에 필요한 에너지를 생성하는 방법, 공간 이동의 대상을 결정하는 방법, 공간 이동 목적지를 설정하는 방법 등을 어떻게 조작하는지 설명하며 사각의 검은 상자를 주었다. 그 상자는 푸른 빛을 가두고 있었다. 장신의 남자는 그 상자에 공을 담아서 김현우에게 넘겨주고 하얀색과 검은색이 나선형으로 회전하는 공간의 문으로 사라졌다. 김현우는 아라무 무루의 문 앞으로 돌아왔다. 그는 검은 상자를 움켜쥐고 있었다.

그는 아라무 무루에서 겪었던 일을 김일규에게 보고하였다. 김일규는 김현우의 보고를 듣고 매우 만족해 하며 김현우의 성공에 대해 칭찬을 아끼지 않았다.

김일규는 아라무 무루에서 얻은 정보를 바탕으로 공간 이동

기술을 연구하기 시작했다. 그는 아라무 무루의 기호를 해석한 내용을 바탕으로 공간 이동에 필요한 에너지를 생성하는 장치를 개발하였다. 또한, 공간 이동의 대상과 목적지를 결정하는 방법을 연구하여, 공간 이동을 성공적으로 수행할 수 있는 기술을 개발하였다. 김일규 박사의 노력으로 공간 이동 기술은 획기적으로 발전하였다. 그는 이 기술을 사용하여 우주로 여행을 떠날 계획이었다. 김일규의 지시에 따라, 빅마더는 대규모 우주선을 만들기 시작했다.

김현우가 획득한 아라무 무루의 자료는 1994년에 멕시코의 물리학자인 미구엘 알큐비에레 박사가 제안한 '알큐비에레 드라이브'와 유사한 우주공간 항해법이었다. 항해하는 우주선 뒤의 공간이 팽창하고 우주선 앞의 공간이 압축되면 우주선이 있는 공간이 앞으로 나아가게 된다. NASA 존슨우주센터 내 전담반인 이글웍스(Eagle works)의 해롤드 화이트 박사의 연구 보고서에 따르면, 워프 버블의 특성을 각 우주선에 맞춰 최적화 할 수 있다면 반경 10미터의 공간을 광속의 10배로 이동시킬 수 있었다. 이를 위해서는 이종 물질(Exotic matter) 500kg이 필요하였다.

김현우가 아라무 무루에서 발견한 공간 이동 기술은 매우 신비롭다. 이 기술은 어떻게 작동하는지, 어떤 원리로 공간 이동을 하는지 김현우가 완전히 이해한 것은 아니었지만 우주 공간을 광속 초월하여 이동할 수 있다는 것은 알 수 있었다.

알큐비에레 드라이브의 비밀을 밝혀내야만 우주 공간을 뛰어넘는 여행을 할 수 있다. 아인슈타인의 상대성이론에 따르면 질량이 있는 모든 물체는 빛보다 빨라질 수 없다. 물체가 광속에 가까워질수록 질량이 기하급수적으로 증가하고 속도는 거의 늘지 않기 때문이다. 그러나 알큐비에레 드라이브에서는 우주선이 있는 공간(워프 버블) 안에서의 우주선은 가만히 정지해 있고, 워프 버블의 속력이 빛보다 빠른 것이기 때문에 상대성이론에 어긋나지 않는다.

아라무 무루는 그 기원과 목적에 대해 많은 논란이 있다. 일부 학자들은 이를 잉카 시대의 사원이나 궁전 일부로 추정하기도 하고, 다른 학자들은 이를 통과하면 다른 차원으로 이동할 수 있는 차원 문으로 추정하기도 했다. 김현우는 아라무 무루에서 만난 키가 큰 외계인이 전해준 검은 상자가 차원 여행을 가능하게 할 것으로 추측하였다.

마침내 빅마더는 대규모 우주 탐사선 '인터스텔라 아스트로노머(Interstellar Astronomer)'를 완성하였다. 우주선의 이름은 은하수를 넘나드는 우주여행과 동시에 천문학적인 지식과 탐구 정신을 상징하며, 과학적인 열정과 우주의 신비로움을 함께 담고 있었다. 이 우주선은 깊은 우주에서 새로운 별들과 행성들을 연구하고 발견하는 임무에 적합하게 설계되었다. 이 우주선에는 선택된 14만 4천 명의 사람들이 승선하였다.

'인터스텔라 아스트로노머(Interstellar Astronomer)'에 승선하기 전 김현우는 잠시 침묵 속에 서 있었다. 그는 이 지구에 아무런 미련이 없었다. 지난날을 더듬어 보니 그에게 가장 강렬한 인상을 주었던 사람은 전에 미국에서 만났던 그 여기자였다.

"그녀의 이름이 뭐였더라…… 그러고 보니 이름을 미처 물어보지 못했군."

김현우가 혼잣말하자 빅마더가 대답했다.

"죠세핀 베이커예요."

김현우는 나직이 그녀의 이름을 불러 보았다.

"죠세핀 베이커…… 안녕! 죠세핀 베이커."

김현우는 '인터스텔라 아스트로노머(Interstellar Astronomer)'에 천천히 승선하였다. 그는 김일규 박사처럼 육체를 포기할 수는 없었다. 그래서 장시간 우주 항해 시에는 동면하기로 했다.

지구에서 김일규 박사와 김현우 요원이 수행하던 일은 빅마더가 계속 수행할 것이다. 빅마더는 계속해서 인류를 위하여 헌신 봉사할 것이다. 인터스텔라 아스트로노머 우주선 자체는 김일규가 통제하고 승무원은 둘이었다.

우주선에는 1950년대 지구의 생태계가 인공적으로 조성되어 유지되었다. '인터스텔라 아스트로노머(Interstellar Astronomer)' 호는 직경 10km 반경 4km의 타원형이었다. 우주선 안에는 살아 있는 동식물이 보존되었고 종자 은행과 최근까지의 모든 자료가 저장되어 있는 중앙통제실이 있었다. 외부의 환경 변화에 대응할 공정 로봇과 섬세한 안드로이드도 탑재되었다. 당연히 우주선 인터스텔라 아스트로노머는 거대하고 위풍당당한 모습이었다.

웅장한 우주선에 탑승하여 발진하자 김현우의 기분도 어느 정도 가라앉아 있었다. 전면 화면으로 밖을 볼 수 있는 우주선

갑판에서 밖을 내다보고 있던 그는, 놀랍게도 죠세핀 베이커를 만났다.

둘은 갑판에서 밖을 내다보았다. 1976년 바이킹이 화성 비행 임무를 성공시킨 후 논란의 대상이 되었던 사람의 얼굴을 닮은 메사가 보였다. 화성의 시도니아 지역을 지나고 있었다.

1976년 화성으로 보낸 인류 최초의 화성 착륙선은 바이킹 1호였다. 당시 미항공우주국(NASA)의 탐사계획의 연구책임자를 맡았던 길버트 레빈은 당시 화성에서 생명체의 존재를 입증하는 연구 결과가 나왔다고 주장했었다.

화성 탐사선 바이킹 1호는 1976년 6월 19일 화성에 도달했지만, 착륙 장소가 대단히 위험해서 다른 장소를 찾기 위하여 한동안 궤도비행을 하다가 화성 북위 22°의 크리세 평원에 착륙했다. 바이킹 1호는 흑백과 천연색의 화성 표면 사진을 지구로 전송했다. 바이킹 2호는 9월 3일 화성의 유토피아 평원에 착륙했다.

바이킹 탐사의 최대 목적은 화성에서 '생물의 유무에 관한 실험'을 하는 것이었다. 탐사선에 달린 로봇팔로 흙을 걷어와 3개의 실험실에 넣고 여기에서 광합성 실험, 신진대사 기능 실험,

그리고 가스교환 실험 등 3가지 실험을 했다.

바이킹호가 채취한 화성 토양 샘플에 영양소를 주입하자, 마치 생명체가 이를 섭취한 뒤 신진대사를 벌이며 배출한 듯한 기체의 흔적이 발견되었다. 이어 토양 샘플을 열로 구운 뒤 반복한 실험에서는 측정 가능한 반응이 없었다. 첫 번째 실험에서 반응이 일어나고, 두 번째 조건의 실험에서 반응이 나타나지 않은 것은 바로 생명체가 있다는 것이라고 레빈은 주장했지만, 미항공우주국(NASA)이 이후 연구실에서 실시한 다른 실험들에서 유기 물질이 전혀 발견되지 않았다. 따라서 초반 실험 결과를 '거짓 양성'이라고 결론지었다.

그러나 김일규 박사는 다른 별에 있는 존재는 물리적 존재 형태가 미약해도 의식이 있을 수 있다는 주장을 했다. 오히려 고도의 의식을 가진 존재가 있다고 추정하였다. 그리고 지구의 생명체의 정의와는 다른 우주 생명체의 새로운 정의가 필요하다고 주장했다. 소립자 형의 의식체도 생명체로 보아야 한다는 것이었다.

우주선 '인터스텔라 아스트로노머(Interstellar Astronomer)'호가 화성을 벗어나서 목성을 향하여 항해할 때, 김현우는 죠세핀 베이커를 쳐다보았다. 엷게 미소를 지으면서 죠세핀은 김현우에게 다가왔다. 김현우는 천천히 그녀의 허리를 감싸 안고 키스를 했다. 부드러운 키스로 시작한 사랑의 행위는 그녀의 격렬한 경련으로 끝이 났다.

생명을 끊임없이 이어오게 한 원초적 본능은 남녀에게 최고의 기쁨을 주었다. 어느 순간 두 자아는 두 덩어리의 얼음이 녹아서 하나의 물로 합쳐지듯이 각자의 존재를 잊고 하나로 합쳐지는 느낌이었다. 시간의 흐름을 잊고 영원한 상태에 멈춘 것 같은 느낌과 단 한 순간의 짧은 순간이라는 느낌이 교차되고 있었다. 그녀는 길고도 강렬한 쾌감을 느끼면서 모든 근육을 강하게 팽창시키면서 경직했다. 긴 울부짖음과 같은 신음소리를 내면서 경직하였던 몸을 천천히 이완했다. 하나의 자아는 두 개의 자아로 분리되어 갔다. 분리된 김현우의 자아는 절망적인 상실감을 주체할 수 없었다.

우주선 화면으로 보이는 붉은 행성을 뒤로하고 그들은 동면실로 들어갔다. 미지의 세계가 그들을 기다리고 있었다. 무한한 시간과 광대한 우주가…….

비밀의
숲

*

모든 지나간 이야기는 신뢰할 수 없다. 빛바랜 벽지처럼 진실에서 퇴색된 이야기들이 세상 곳곳에서 포도송이처럼 열리고 있다. 맥주를 들이마시거나 소주잔을 부딪치면서 지껄이는 말들을 믿을 수 있을까? 사람들은 시간이 흐를수록 진실을 퇴색시키면서 신화를 만들기도 한다.

인간은 저마다 비밀을 간직한 숲일지도 모른다. 한 그루의 나무라기에는 인간의 마음은 너무나 광대하다. 여름에 초록이었던 단풍잎도 가을에 물들면 붉은색으로 바뀐다. 나의 이야기도 퇴색되었을 것이다. 그러나 얼마나 퇴색되었는지 누가 알랴!

오래전에 호랑이를 사냥한 적이 있다. 왜 내가 그토록 오래 묻어 두었던 이야기를 이제 와서 들추어내는지 지금 내 마음의 혼란을 한마디로 말할 수 없다. 세월의 먼지로 이 비밀을 덮지 못하고 고백을 하는지는 신만이 아실 것이다. 내가 아는 한 인간이란 그런 것 같다. 마음속에 무언가를 끝끝내 숨기는 것이 불가능한 것으로 생각한다. 불새를 보고서 그 황홀함을 이야기하지 않고 가슴속에 묻어 둘 수 있는 이가 있을까? 누구든지 무언가 자기만의 사무친 경험과 한이 서린 신화 같은 비밀을 가지고 살았다면, 영원히 감추지 못하고 결국 누구에겐가 이야기하지 않을 수 없을 것이다. 그래서 한 현인이 말씀하셨다. 자신의 입에서 화가 시작된다고……

나는 소년 시절을 거의 숲으로 둘러싸인 마을에서 자랐다. 구름에 휩싸인 채 언제나 다른 모습으로 단장하는 2,000여 미터에 달하는 산으로부터 흘러 내려오는 개천의 한 갈래가 우리 마을을 가로지르고 흘러 바다로 향하였다. 어머니는 내게 별자리에 얽힌 이야기를 하나하나 들려주었다. 밤하늘에 은가루처럼 흩어져서 빛나는 별을 바라보면서 그 신화에 감탄했으나 학교에서 별을 공부하면서 이내 그것이 사실이 아니란 것을 알고 적이 실망하였다. 아버지는 집에서 소일하면서 사냥을 즐겼는데 왜 사회로의 진출을 포기했는지 알 수가 없었다. 나는 아버지를 따라서 사냥에 나가는 것을 좋아했다. 아버지는 여러 곤충과 약초들을 내게 일일이 알려주셨다. 노을 지는 호숫가에서 갈대를 박차고 일제히 날아오르는 청둥오리 떼를 바라보는 것은 참 즐거운 일이었다. 기암 계곡을 지나서 불을 피워 젖은 옷을 말리고, 나무 열매를 따고 그 상쾌한 아침 공기를 들어 마시는 기쁨을 어린 나이에 알게 된 것이다.

항상 즐겁고 아름다운 기억만이 있는 것은 아니었다. 한 번은 아버지의 총에 맞은 꿩을 주워 들었을 때 그 꿩이 아직 죽지 않았다는 걸 알게 되었다. 내가 조심스럽게 그 꿩을 들어 올렸을 때 아버지가 거칠게 꿩을 뺏은 다음 목을 비틀어 버렸다. 그 당시에는 아버지가 그렇게 무섭게 보이고 야속하게 느껴질 수가 없었다. 나의 의기소침해진 모습을 보는 노을에 물든 아버지의 얼굴은 매우 침통해 보였다. 나는 눈에 눈물이 자꾸 괴어서 멀찍이 뒤따랐다. 한참을 말없이 걸어가다가 아버지는 멈춰 섰다. 내가 아버지 옆에까지 걸어가서야 같이 걸어갔다. 아버지는 나직하게 말하였다.

"자연이란 엄격해서 때로는 잔인하다는 걸 알아야 한다. 네가 먹는 음식 대부분이 생명체란다. 물을 빼고는."

나는 아무 말도 하지 않았다. 그날 나는 처음으로 다른 생명체의 고통에 대해서 진지하게 생각하였다.

내가 열한 살이 되었을 때 얘기조차 들어보지 못했던 사촌인 이규와 같이 살게 되었다. 그때부터 나의 고난은 시작이 되었다. 나는 삼촌이 돌아가시고 이규가 고아가 되었기 때문에 우리와 함께 살게 되었다는 것을 어렴풋이 알게 되었다. 삼촌에 관하여서 들은 것이 없었기 때문에 굉장히 궁금했다. 이규의 이야기로는 삼촌에 대하여 알 수 있는 것이 별로 없었다. 도무지 나로서는 이해가 되지 않는 터무니없는 이야기만 이규가 늘어놓았다.

"아버지는 죽지 않았어. 단지 바다로 여행을 떠나셨지."

이규는 삼촌에 대하여 더 이상의 이야기를 하지 않고 조개처럼 굳게 입을 다물고 말았다.

이규는 금방 동네 개구쟁이들의 대장이 되었다. 나는 그 녀석과 도저히 평안히 지낼 수 없었다. 녀석은 묘한 웃음을 짓곤 했는데 그건 보는 사람에게 묘한 연민을 느끼게도 하였지만 동시에 구역질이 나게 하곤 했다. 우리 부모님은 그 녀석을 가엽게 여겼던 것 같았지만 나는 그의 미소가 역겨웠고 싫었다. 하루는 아버지가 나를 불러서 이규와 잘 지내라고 당부하였다.

"형석아! 이규에게 친절히 대해야 한다. 이규는 네 사촌 형이고 엄마 아빠가 없는 가여운 아이다. 너는 네 엄마와 내가 있어서 이규보다는 훨씬 행복한 거야. 행복한 사람은 불행한 사람을 돌봐주어야 하는 거야. 알았지?"

그 말을 듣고 나서 나는 가슴을 펴고 말했다.

"염려 마세요. 이규형이 난 좋아요."

하지만 그것은 녀석을 너무 모르고 한 말이었다. 그는 다른 아이들의 물건을 뺏어서 자신의 것으로 만들었다. 그리고 나를 그들 앞에서 때리거나 위협함으로써 자신의 위치를 굳히는 것이었다. 선천적인지 후천적인지 이규는 자신의 영역을 확보하는 기술을 갖고 있었다. 나는 녀석이 미워지기 시작했고 그때까지 느껴보지 못했던 모멸감으로 온몸을 떨었다. 그러나 그것은 밖으로 표출될 수 없는 혐오였다. 아마도 아버지나 어머니도 나의 이 고통을 끝내 몰랐을 것이다.

어느 날 정원에서 이규가 나뭇가지를 꺾고 있었다. 그것은 바로 아버지가 가장 아끼는 은행나무였다. 아버지는 이규를 불러서 앞에 세우고 꾸짖었다. 그때 처음으로 이규는 아버지를 노려보았다. 녀석은 통쾌한 웃음을 터뜨렸다.

"닥치거라."

아버지는 당황하였다. 나는 그때처럼 감정이 흐트러진 아버지의 모습을 본 적이 없었다.

"무엇이 그리 우스우냐?"

아버지의 주름 잡힌 얼굴에 머리털이 흘러내렸다. 아버지는 머리털을 뒤로 쓸어 넘기면서 한숨을 쉬었다.

"……"

녀석이 갑자기 침울한 표정을 짓더니 뛰어나갔다.

"가엾은 녀석, 판기 이 녀석은 자식마저도……"

아버지는 더 말을 하지 않았다. 어머니가 말없이 다가와서 어깨에 손을 얹었다.

"무슨 일이에요?"

"아무 일도 아니요. 아마도 이규는 나를 증오하는 것 같소. 판기가 그랬던 것처럼……"

나는 낮은 목소리로 삼촌의 낯선 이름을 되뇌었다.

"판기, 판기, 판기. "

판기는 이규 녀석의 아버지인 내 삼촌의 이름이었다.

 소년기를 보내고 청년기에 접어들 때쯤, 그 녀석은 완전히 달라졌다. 항상 깔끔한 옷차림에 행동을 세련되게 했고 언어도 고상하게 사용했다. 그리고 그 녀석의 그 기분 나쁜 미소도 다시 볼 수 없었다. 녀석이 거울 앞에서 미소 짓는 걸 연습할 때 나는 쓴웃음을 짓곤 했다. 모든 사람들이 속았다. 나를 제외하고는 아무도 그의 정체를 파악할 수 없었다.

 대학을 다닐 때 이규는 눈에 핏발이 설 정도로 열심히 공부해서 탁월한 학생으로 인정을 받았다. 그는 모든 사람에게 인정을 받으려고 노력했고 그의 빼어남은 나도 인정했다. 그는 명석한 머리와 누구도 따를 수 없는 인내심의 소유자였다. 그 녀석과 같이 공부를 시작해서 먼저 곯아떨어지는 것은 항상 나였다. 나는 자주 회의에 빠졌다. 왜 나는 이규와 겨루는가 하고. 나는 그의 그림자였다.

 나는 국문학과를 선택했고 녀석은 경영학을 선택하였다. 아버지는 내게 불문학을 전공하는 게 어떠냐고 한번 물었을 따름이었다. 그리고는 아무 이의도 제기하지 않았다. 아버지는 알렉

상드르 뒤마를 좋아해서 따르따니양과 아또스의 무용담을 몇 번이나 읽곤 하였다.

부모님은 우리 둘을 공평히 대우하려고 노력하셨다. 생일이 두 달 빠른 이규를 형으로 대우하도록 하였고, 용돈도 꼭 같이 줬고, 염려도 꼭 같이해 줬다. 그러나 나는 내가 더 사랑을 받고 있었다는 걸 알고 있었다. 부모님의 피를 이어받은 단 하나뿐인 자식이었기에 당연하였다.

대학을 졸업한 후에 집에서 부모님과 함께 지내게 되었다. 아버지가 그러했듯이 나도 사회에 나가서 무엇을 하겠다는 생각이 별로 없었다. 하지만 이규는 출세 가도를 달리고 있었다. 아버지와 나는 사냥하러 다니면서 여러 가지 이야기를 나누었다. 일상의 반복이 아니고 날마다 새로운 그런 생활의 연속이었다. 나는 망설이다가 오랜 궁금증을 아버지에게 털어놓았다. 그것은 삼촌에 관한 이야기였다.

"아버지! 삼촌에 관해 알고 싶은데요."

나는 말을 하고는 멋쩍은 듯이 시선을 떨구었다. 그것은 지금까지 무언의 금기를 약속해 놓고서 그 금기를 깨뜨린 것과 같은 당혹스러움이었다. 아버지의 긴 고백이 시작되었다.

"네가 언젠가는 물어볼 것이라는 생각을 하고 있었다. 너의 삼촌은 이름이 '판기'다. 김판기! 나는 지금까지 살아왔는데 전혀 모르겠구나. 삶이란 무엇인지. 우리 집은 대대로 부유했고 앞으로도 부유하게 지낼 것이다. 내가 꽤 많은 돈을 소비했다고 생각하지만, 돈이란 그 자체가 확장되어 가는 습성이 있어서 시간이 지남에 따라 커진다. 나와 판기는 서로 달랐다. 판기는 세상의 불공평함에 대하여 불만이 많았지. 나도 그의 말에 공감이 갔다. 그러나 그렇게 행동할 수는 없었다. 판기는 우리의 모든 재산을 사회에 환원하자고 주장하다가 집안에서 쫓겨났지. 아버지는 명석한 판기를 특히 편애하셨지만, 아버지께 민중의 적이라고 말하는 걸 듣고는 재떨이를 내던졌다. 그리고 판기는 자식이 아닌 걸로 치겠다고 하셨다. 그 후에 판기가 어디로 가서 뭘 하고 살아왔는지 아무도 모른다. 노동운동을 했었겠지. 아마 이규는 알고 있겠지만 아무 말도 하지 않으니 알 수가 없구나. 내가 지금 검소하게 살고 있지만, 예전에는 상류층의 생활을 했었고 지금도 마음만 먹으면 옛날의 생활로 돌아갈 수 있다. 오래 산다고 무엇을 더 알게 되는 것 같지도 않다.

지금껏 다른 사람들에게 해를 끼치지 않고 살아왔다고는 생각한다마는 주위에 힘든 사람을 도와주지는 못하였지. 저 들에 풀을 보아라. 크기가 꼭 같지는 않지. 자연계에서 우열이 존재하는 것은 필연이라고 생각한다. 나는 그저 조용히 생을 보내고 싶다. 판기를 생각하면 괜히 자격지심을 느끼게 된다. 인간의 선한 면이 지나치게 강조된 인간이었다. 말하자면 다소 기형적인 성격의 소유자라고 말할 수 있지. 지나친 이상주의는 실현도 불가능하고 공허할 뿐이야. 나는 판기 때문에 관료 생활을 그만두게 되었지만 판기를 원망하지는 않았다. 평화를 찾았으니 오히려 잘 된 셈이지."

나는 아무 말 없이 아버지의 고백을 듣고 있었다. 저 가증스러운 이규의 아버지가 지나칠 정도로 선했다는 말은 정말 의외의 일이었다. 이규를 증오했기 때문에 무의식중에 삼촌도 미워하고 있었다.

나는 날마다 꿈을 꾸었는데 그 꿈은 항상 다른 것이었다. 때로는 무한히 감미로운 꿈이었고 때로는 온몸을 땀으로 적시게 만드는 악몽이었다. 악몽 속에서 나를 괴롭히는 악마는 바로 이규였다. 이규와 나는 절대로 같이 존재해서는 안 될 운명이었다. 나는 대학을 졸업해서 악마와 같은 이규와 헤어지게 된 것을 참 다행이라 생각하며 즐기고 있었다.

엽총을 메고서 숲을 헤매다가 석양에 물든 갈대 만발한 동산에 서서 휘파람을 불곤 하였다. 그 곡은 아마도 '바하의 폴로네이즈'였던 것 같다. 철새들의 부산한 날갯짓 소리를 듣고, 하늘의 구름이 여러 가지 모양을 형성하고 흩어지는 것을 바라보고, 흰 눈 위에 찍힌 노루 발자국을 좇으면서 그렇게 세월이 흘러갔다.

먹구름이 몰려와서 집으로 돌아가는 것이 좋겠다고 생각했다. 아버지는 비를 너무 많이 맞아서 폐렴에 걸려서 돌아가셨다. 돌아가시기 얼마 전에 아버지는 참으로 많은 이야기를 하셨다. 마치 이 세상에서 얻은 모든 것을 쏟아 내고서 돌아가야 하겠다는 듯이……. 아버지는 기침을 간간이 하면서도 많은 말을 하였고 나는 멀거니 듣고만 있었다.

"형석아! 나는 네가 분별심이 너무 많다는 것이 염려스럽다. 사람들은 많은 것들에 가치를 부여한다. 주관적인 선과 정의를 위해서 살아간다. 하지만 난 모르겠다. 지금 느끼는 것은 생이란 무슨 특별한 것이 있는 게 아니고 누구에게나 주어진 일정한 시간을 보내는 것과 같다는 생각이 많이 든다. 생각해 보면 나는 저절로 태어나서 저절로 살아왔었다. 마치 정해진 배역에 따라서 내 역할을 충실히 하고 떠나는 느낌이다. 판기와 다투기 전까지는 많은 것을 주장했고 다른 사람을 비난하고 존경했지만, 지금에 와서는 모두가 부질없다는 생각이 든다. 옛날에 두 평행선이 언젠가는 만난다는 사실을 증명하겠다고 평생을 보내고 난 사람이 아들에게 나와 같은 어리석은 일에 생을 허비하지 말라고 했다더라. 지금 나도 그렇게 말하고 싶구나. 정말 공허하다."

나는 그저 눈물만 흘렸다. 그리고 며칠 후에 아버지는 세상을 떠나셨다. 이규는 오지 않았다.

나는 부모님이 돌아가신 후에 이사해서 문명과 결별하다시피 한 생활을 했다. 그래서 태풍이 오고 있는지 어떤지를 알 수는 없었다. 그러나 하늘의 먹구름과 거세어지는 바람으로 폭풍이 다가오는 것을 느낄 수 있었다. 내 집은 마을에서 떨어진 언덕 위에 자리 잡아서 바람의 기세가 더욱 거세게 느껴졌다. 집 앞에 도달해 승용차를 발견했을 때에 불길한 예감이 들었다.

나는 입술을 깨물었다. 녀석이 와 있었다.

"형석! 오랜만이다."

그는 반가운 듯이 손을 잡고는 껴안았다. 나는 냉담하게 코웃음을 쳤다. 그와 헤어진 후 9년이란 세월이 흘렀지만 나의 증오심을 삭이지 못했다. 나는 총을 힘 있게 잡고서 잔인한 미소를 지었다. 녀석의 표정에서 전에 보았던 그 구역질 나는 미소가 순간적으로 비쳤다가 사라졌다. 그러고는 웃음을 터뜨렸다.

"하하하 하하하……"

우리는 오래 같이 살아와서 어느 정도 서로를 잘 안다. 그는 나의 마음을 읽었고 나도 그의 마음을 읽었다. 그러나 지금 혼돈이 오기 시작했다. 이 녀석이 왜 웃는단 말인가?

"내가 없어서 자유로웠겠지!"

"그랬어."

내 대답에 실쭉 웃었다. 그는 허전한 모습으로 주머니에서 술병을 꺼내 들고 술을 마셨다. 내게 내밀었으나 나는 고개를 흔들었다.

"내가 제일 경멸하던 게 술이었지. 술을 마시지 않아도 흐릿한 의식을 왜 술을 마시면서 더 몽롱하게 하느냐고……"

그는 술병을 힘껏 집어던졌다. 바위에 맞은 듯 퍼석하고 부서지는 소리가 들려왔다. 이규가 이런 모습을 보인 적이 없었다. 늑대처럼 강했고 언제나 자신만만했었다. 내가 좋아하던 은미를 가로챌 때도 그랬다.

사실 난 처음부터 은미에게 자신이 없었다. 어떤 여자도 그의 매력을 당해내지 못하였다. 내가 어물쩍거리며 그녀에게 사랑을 고백하지 못하고 있을 때 녀석은 이미 그녀를 사로잡아 버렸다. 그 녀석은 아무도 사랑하지 않았지만 수많은 여자를 유혹하였다. 그리고 그녀들을 과감히 버렸다. 이규가 악명을 떨쳤음에도 불구하고 그를 만나는 여자들은 하나같이 이규가 자신만을 진실로 사랑한다고 믿어 의심치 않았다. 참으로 놀라운 일이었다. 그렇지만 은미는 적어도 어느 정도 이규의 정체를 알고 있는 듯하였다. 그런데도 그녀가 이규에게 미련을 가진 것은 그녀 자신에 대한 자만 때문이 아니었을까 한다. 그녀는 자신을 성녀로 생각하는 허영이 있었을 것이다. 자신의 희생으로 이규란 인간을 구제할 수 있을 것이라는 교만, 하지만 그건 이규를 너무나 모르고 한 생각이었다.

잔인한 이규! 녀석은 나의 여인 은미만은 손대지 않을 수도 있었다. 그때만큼 녀석이 미웠던 때도 없었다. 내게 보란 듯이 그 녀석은 그녀와 팔짱을 끼고서 돌아다녔다. 녀석은 내가 분노로 자신을 살해하기를 원한 것이 아니었을까? 꿈속에서 나는 이규를 보곤 하였다. 그리고 은미의 목소리도 들었다. 그때마다 내 몸은 땀으로 흥건히 젖어서 깨어났고 나는 바다로 향하였다. 나는 바닷가에서 고함을 질렀다. 악을 써대다가 저 바다로 있는 힘껏 헤엄을 치다가 힘이 빠지면 그대로 가라앉아 이 고뇌를 종식시켜 버릴까 하는 망상에 젖기도 하였다.

우리는 서로 같은 공간에 존재할 수 없는 운명이었다. 그때에 비로소 아버지의 우울함과 은둔의 원인이 삼촌에게 있었다는 느낌이 어렴풋이 일어났다. 나는 술을 전혀 마시지 않았지만, 녀석은 가끔 술에 취해서 내게 주정을 떨었다. 반년에 한두 번 정도였다. 뭐라고 떠들어 대지는 않았다. 분노의 표정으로 허공을 응시하다가 나를 보고 미소를 짓고 거울을 보고 상을 찌푸리다 잠자리에 들곤 했다. 마치 벙어리가 된 듯이 말을 한마디도 하지 않았다. 녀석을 죽이고 싶다가도 잠에 빠진 녀석을 보면 녀석에 대한 적의가 사라졌다. 녀석이 얼마나 가여운지 아는 사람은 나뿐이었다. 그에게 있어서 하루하루는 뼈를 깎는 고행의 연속이었다. 그는 필요하다고 생각되는 모든 것을 완벽히 습득하였다. 그는 곧잘 칼브레이쓰의 말을 인용하였다.

"자본주의사회에서 상류사회로 진출하는 방법은 교육에 의한 방법뿐이지. 그러나 그 교육은 평등한 조건을 제시하지는 않아. 나는 나비의 신화가 좋아. 징그러운 모습으로 거친 나뭇잎을 먹고 기어다니다가 허물을 벗고 화려하게 날아오르는……"

그는 날개를 달고 싶어 했었다.

내가 옛일을 회상하고 있을 때 그가 내 어깨를 쳤다.

"무슨 생각을 그렇게 하냐?"

"으응……, 은미……"

"그래?!"

그는 멋쩍은 듯이 얼굴을 돌렸다.

"지금 어떻게 지내고 있을까?"

"그저 그런 남자하고 결혼해서 살고 있지. 일 년 전에 보니까 돼지처럼 뚱뚱해졌더군. 흥."

살찐 그녀의 모습을 상상하려 해봤으나 잘 되지 않았다. 내가 마지막으로 은미를 보았을 때 그녀는 무척 수척한 모습이었다.

"이규와는 잘 지내십니까?"

나는 빈정거리는 듯이 그저 지나치는 인사를 하였다.

"힘들어요. 그 사람은…… 알 수 없어요. 그 사람에 대해서 좀 얘기해 주세요. 아마도 형석 씨가 세상에서 이규 씨를 가장 잘 이해하고 있는 사람 같아요. 이규 씨에겐 내가 꼭 필요해요."

나는 가볍게 코웃음을 쳤다.

"이규 씨는 아주 고독한 사람이에요. 그러면서도 내가 아무리 가까워지려고 노력해도 가까워질 수가 없어요. 무엇이 우리 사이를 가로막고 있는지……"

"아마 이규의 양심이겠죠!"

나는 퉁명스럽게 대답했다. 그녀는 놀란 눈을 하고 나를 쳐다보았다. 화가 난 듯한 모습이 귀여웠다. 그녀의 눈동자는 맑기만 하였다. 파리한 입술, 길고 가느다란 손가락에 눈길이 갔을 때 그녀가 가련하게 보이기 시작했고 연민의 정을 느끼기조차 하였다.

'당신은 몰라. 이규가 얼마나 잔인한지를. 멍청이 우롱당하고 있는 걸.'

나는 그때 그녀에게 마음속으로 투덜대고 있었다. 흰 눈을 밟으며 교정에서 나는 그렇게 쓸쓸하고 답답한 가슴으로 그녀와 헤어졌다.

흰 눈이 내려 내 발자국을 지우듯이 세월의 먼지가 그녀의 얼굴과 추억을 덮어나갔다. 그녀의 존재는 그렇게 내 마음속에서 거의 지워졌다. 지금 눈앞에 선 이규가 세월의 먼지를 걷어내며 그녀를 떠오르게 하고 있었다.

이규의 불안정한 눈을 보면서 내가 이규에게 말했다.

"요즘 무슨 갈등이 있나 보군."

그는 낮은 목소리로 말하였다.

"항상 그랬지."

나는 이규에게 거실로 가서 차나 마시자고 말했다.

"어쨌든 집 안으로 들어가, 차나 마시지. 바람이 거세니까."

그는 퉁명스럽게 대답했다.

"아니, 들어가고 싶지 않아."

나는 앞서가다 이규를 돌아보며 말했다.

"그래? 그런데 갑자기 왜 나를 찾아왔는지 궁금하네."

녀석은 웃기만 했다.

"여우는 죽기 전에 자기가 태어난 여우 굴로 돌아간다고 그러더군. 고향을 찾는 거지."

"너는 아직 젊고 죽을 때가 된 것 같지도 않은데……"

"글쎄……"

잠시 침묵이 흘렀다.

"항상 복수하고 싶었어. 존재하는 나 자신에게. 그리고 존재의 왜소함에 너무나 치를 떨었지. 나는 항상 내가 없어도 이 세상이 무사태평하다는 걸 알고 있었어. 너는 그걸 참을 수 있었겠니? 거리를 걷다가 문득 쇼윈도에 희미하게 비치는 나의 모습을 보면 정말 낯설었지. 나는 참으로 자신에게 가장 연민을 느끼곤 했어."

"너와 나는 똑같았었잖아. 나는 그런 생각을 해 본 적이 없어. 왜 자신이 가엾다는 말이야?"

"흥! 네게는 부모님이 있었고 모든 장식품이 있었으니까. 내게는 아무것도 없었다. 내 자신의 몸뚱이 이외에는."

나는 이규가 술에 취하면 이야기를 하지 않는 습성을 알고 있었다. 세월이 그를 변하게 한 모양이었다. 그는 마구 지껄이기 시작했다.

"아버지는 내게 말했지. 존재하는 모든 것은 자신에 대하여 책임을 져야 한다고. 현재의 그 자신이 그 총체라고. 그러므로 모든 책임은 자신이 져야 한다고 그렇게 말했어. 하지만 그게 사실인가? 지금에 와서 나 자신의 총체는 유전 때문이요, 환경과 사회 영향 때문이요, 체질적 또는 심리적 결정론 때문이라고 생각한다. 형석! 네가 나와 같은 환경이었으면 그럴 수밖에 없는 거야. 알아듣겠어?"

그는 광기 들린 듯 큰 소리로 외치고 있었다.

"그랬나?"

그는 차의 트렁크에서 양주를 꺼내 와서 계속 마셔댔다. 서너 개의 빈 병이 굴러다녔다. 마치 공기를 들이마셔 호흡하듯이 마구 마셔댔다. 그리고는 병들을 박살 내고 있었다.

"술조차도 나의 의식을 흐리게 하지 못 하는군! 왜 의식이 이렇게 또렷하지?"

"그만 마셔."

나는 그의 행동을 제지하고 싶지 않았지만 너무 마신다고 생각해서 한마디 했다.

"미안해. 네 부모님이 돌아가셨을 때 와보지 못해서."

"괜찮아."

"내가 오지 않는 것이 그분들에 대한 최대의 경의였을 거야."

"너, 오늘 이상하군."

그는 응답 대신에 술을 또다시 들이켰다.

"네 아버지가 한 말이 생각나. 예술은 동물적 욕구가 충족된 후에 비로소 탄생할 수 있는 것이라고. 하지만 동물적 욕구를 넘어선 그런 것을 보고 싶지 않아?"

그의 눈은 광기를 뿜어냈다.

"이걸 봐."

이규가 검은 트렁크를 열었다. 빳빳한 지폐와 수표들이 가득했다.

"무슨 돈이지?"

"내 생의 결과이지."

"무슨 말이야?"

"인간 김이규의 허물."

"이걸로 뭘 할 건데?"

"회화 한 점을 살 거지."

"누구에게서."

"김…… 판기!"

삼촌의 이름이었고 그의 아버지의 이름이었다. 나는 깜짝 놀랐다. 십수 년을 같이 살아도 언급하지 않았던 이름이 아니었던가?

"때로는 증오하고 때로는 존경해 마지않았던 천재!"

"삼촌은 죽었을 텐데……"

"물론, 돈은 그림이 있던 곳에 둘 거야. 내게는 어차피 휴지덩어리에 불과하니까."

"삼촌이 그림을 그렸었나?"

"아버지는 그림만 그려댔지. 매일 굶주린 호랑이 형상만을 그려댔지."

그는 휘적휘적 걸어가더니 운전석에 앉았다. 나는 음주운전을 하는 이규를 말리려고 하다가 엽총을 든 채로 승용차에 올랐다. 그는 시동을 걸더니 거칠게 출발하였다. 바람이 더욱 거세어지고 빗방울이 하나둘 세차게 나뭇잎을 때리기 시작하였다. 이규는 점점 더 속력을 내기 시작하였다. 길옆으로 흙탕물이 튀었다. 그는 기어이 차를 숲으로 처박았다. 이규도 나도 다친 데는 없었다. 우리는 걷기 시작했다. 빗줄기 때문에 시야가 흐릿했다. 나는 엽총을 들었고 이규는 돈 가방을 들었다. 펑 하는 소리와 함께 불꽃이 치솟았다. 자동차에서 불길이 타오르고 있었다. 이규는 무심히 힐끗 보고는 시선을 돌려 걸음을 빨리했다. 눈물 같은 빗물이 머리털을 따라서 얼굴 위로 흘러내렸다. 그가 묵묵히 걸었으므로 나도 조용히 따라 걸었다. 한참이 지난 후 우리는 사그라지는 움막을 발견했다. 주위의 지형이 그 움막을 오랫동안 보존시킨 것 같았다. 처음부터 그런 지형을 찾아서 움막을 지은 것도 같았다. 이제 금방이라도 허물어질 것 같은 낡은 움막이었지만 이규는 만족해하는 것 같았다.

"모든 것이 예전에 있던 그대로야."

그는 불을 피우고 젖은 옷을 말리기 시작했다. 그의 입술이 파리했다. 얼굴은 창백했고 생기가 없어 보였다.

"삼촌의 묘지는 어디에 있지?"

"무덤? 그런 게 무슨 소용이 있나? 내 아버지는 절대로 관 속에서 얌전히 쉴 사람이 아니었지. 언제나 갑갑해서 발광하다시

피 했어. 그래도 신통하게도 붓을 들면 조용해지곤 했어. 그건 이 세계에서 그림 속의 세계로 들어갔기 때문일 거야.”

“넌 아버지를 증오해?”

“그렇진 않아. 뭐랄까 나는 생각건대 아버지가 세상에 남긴 작품이라는 생각이 들어. 나 자신이 판단할 때는 실패작이지. 아버지는 세상에 두 가지를 남겼지. 하나는 나, 그리고 다른 하나는 그 호랑이 그림 족자였지. 아버지는 그 그림을 끝내고 실종됐어.”

“실종이라니?”

“여기서 저 언덕을 따라서 10분 정도 걸어서 내려가면 벼랑에 다다르지. 바다야. 아버지는 그곳에서 해류를 타고 실종되었어. 지금은 어디에 있을까? 아마 온 세상의 바닷물 속을 샅샅이 휘젓고도 갑갑해하고 있을 거야.”

나는 엽총을 손질하면서 이규의 이야기를 듣고 있었다. 나는 탄약을 재어 넣었다.

“인간이란 참으로 복잡해. 단순하고 밋밋한 육체에 깃든 이 복잡한 사고의 체계를 어떻게 이야기해야 할까? 형석! 너는 영혼이 있다고 믿니?”

"영혼?! 글쎄 나는 세상에 존재하는 것은 사라지지 않는다는 것을 알고 있지. 나의 사고라는 것도 사라지지 않겠지. 마찬가지로 새로 생겨나는 것도 아니니까. 그 덩어리를 영혼이라고 하는 것이 아닐까? 나의 이 증오도 영원 이전에서부터 존재한 것 같아."

나는 잔인한 미소를 지었다. 나의 눈빛을 보고 이규는 아주 짧은 순간 몸을 부르르 떨었다. 그러나 이내 침착해지고 슬픈 미소를 지었다.

"너는 영혼 모독자로군."

내 말에 그는 고개를 저었다.

내가 다시 물었다.

"그럼 뭔데?"

그는 손가락으로 자신의 가슴을 가리키면서 말하였다.

"소크라테스는 죽으면서 제 몸을 가리켜 '이건 내가 아니다'라고 말했지. 나도 그렇게 생각하고 있어. 이건 내가 아니야."

나는 그의 말에 흥미를 느끼면서 물었다.

"그럼 뭐야?"

그는 인상을 쓰면서 말하였다.

"나도 몰라. 불멸의 아트만의 화신. 절대자의 꼭두각시? 셰익스피어의 말대로 세상이라는 무대에서 연기하던, 죽고 나면, 아무도 알아주는 이 없는 가련한 배우. 내게 할당된 시간만큼 무대 위에서 서성거리지만, 시간이 지나면 어디론가 사라져야지. 우리가 모든 것을 알 수는 없어. 나는 내 역할을 제대로 연기했는지 모르겠어."

나는 어처구니없다는 표정으로 그를 쳐다봤다. 도저히 이해할 수 없는 녀석이었다. 이 녀석보다 더 세속적이고 더 타락한 인간이 유사 이래로 존재했을까? 그런데도 금욕주의적인 현인과 같은 이야기를 주절대고 있다. 그와 눈이 마주쳤다. 얼굴은 창백하였으나 충혈된 눈은 광기를 더 해주고 있었다.

"네가 부러웠던 적이 있었지."

나는 대답하지 않았다.

"너는 너무 많은 걸 가졌어."

나는 대답하지 않았다.

"그것은 내게서 네가 앗아간 것들이지."

"내가 도대체 네게서 앗아간 것이 무어란 말이야."

나는 분통을 터뜨렸다.

"내 어머니는 아버지와 결혼해서 아버지가 모든 재산과 지위를 포기하자 아버지를 떠났어. 아버지가 말하더군. 스스로 모든 것을 버렸다고. 어머니를 욕하지 말라고 하셨어. 미인은 허영심이 많고 그걸 나무랄 수는 없다고. 그리고 무엇이 인간을 비천하게 하는지 내게 가르쳤지. 나는 선택을 하고서 지금의 나를 형성했어. 젊은 날에는 나의 선택이 옳은 것 같았는데 지금은 실패했다는 생각이 들어."

"삼촌이 스스로 포기를 했고 그것은 지난 세대의 일인데, 왜 내가 너의 것을 빼앗았다고 생각하지? 그건 억지가 아니야? 나의 의사와는 관계없는 일이었어."

"흥, 그럼 그것을 내게 돌려줄 수 있나? 지금 당장에?"

나는 말문이 막혔다. 왜 내가 아버지에게 물려받은 재산을 그에게 나누어 주어야 하는가? 그건 억지였다.

"그럴 수는 없어. 네게 줘야 할 정당함이 없으니까."

"그럴 거야, 나는 성공한 예로 볼 수 있지. 그래서 청춘을 보내고 고작 몇십억을 벌어들였지. 하지만 너는 빈들거리면서도 수백억을 움켜쥐고 있다. 아버지가 새삼 존경스러워진다. 어릴 적엔 원망했었지만, 아버지는 그것이 불공평하다는 걸 깨달으

신 게다. 그래서 모든 것을 버리려고 했다."

"그걸 사회에 환원한다고 얼마나 많은 사람이 부자가 되고 얼마나 많은 사람에게 도움이 된다고 그런 어리석은 짓을 한단 말이야. 말도 안 되는 소리를 지껄이고 있군."

그에게서 흐르던 그 구역질 나는 미소가 번졌다. 참을 수 없는 분노가 일었다. 온몸의 혈관이 팽창하여 터질 것 같은 느낌을 참을 수가 없었다. 과거는 죽지 않는다. 아무리 세월의 먼지로 덮어도 끝까지 살아남아 미래를 결정하는 법이다. 나는 복수로 과거를 청산해야 한다는 것을 깨달았다. 내 가슴 깊은 곳에서 내가 패배감에 짓눌려서 살아왔다는 경종이 울리고 있다는 느낌을 받았다. 내가 자연 속에 묻혀 아주 검소한 생활을 하고 있지만 내 마음속에 안정을 주고 있는 것은 재력이었다. 그건 사실이었다. 그리고 마음만 먹는다면 어디든 상류사회로 진출할 수가 있었다. 어떤 알 수 없는 끈이 나를 사로잡고 있었다. 희미하던 나를 옭아매던 그 사슬의 실체를 이제 알 것 같았다. 나는 엽총을 잡은 손에 힘을 더했다. 그때 번개가 그의 얼굴을 비추었다. 그리고 움막 내부를 볼 수 있게 되었다.

"괴기가 흐르는군."

"너의 마음에 흐르는 거겠지."

나는 그의 눈을 말없이 쳐다보았다. 이제껏 보았던 그와 다르다는 느낌을 받았다. 그의 깊고 조용한 눈을 바로 볼 수가 없었다. 위엄을 갖고 있었다. 그는 죽음의 냄새를 맡았다. 그러나 침착하게 서두름이 없이 그때를 기다리고 있었다. 나는 초조한 그의 모습을 보고 싶었다. 그러나 시간이 흐를수록 초조해지는 것은 나였다.

"그림을 갖고서 무얼 할 거야?"

"이 움막과 함께 태울 거야. 전에 내가 여기를 떠날 때 태우려고 했는데 왠지 모르게 망설여지더군. 결국, 태우지 못하고 떠났지. 그래서 지금 돌아오게 된 거지."

"그럼, 그 그림은 이 세상에서 사라지게 되는 건가?"

"그래!"

그는 간단명료하게 대답하였다.

"이 세상에서 사라지기 전에 보고 싶군."

그는 구성지게 '한오백년'을 부르기 시작했다. 처음에는 처량한 듯이 들리더니 나중에는 담담하게 들렸다.

그는 돈더미에 불을 붙이기 시작했다. 불길이 제법 피어오르자 그는 나무 상자에서 족자를 꺼냈다. 그가 족자를 천천히 펼쳐서 내려갈 때 나는 한 쌍의 눈알이 족자 속에서 냉기를 뿜어내고 있다고 느꼈다. 그렇다. 그것은 호랑이의 눈알이었다. 마치 살아 있는 것 같았다. 굶주려 있으나 맹수의 위엄을 지니고 나를 지켜보고 있었다. 언제든지 나의 머리를 앞발로 쳐내고 나의 목을 으드득 소리가 나게 깨물 것 같은 기세였다. 나는 당황했다. 나는 내가 착시현상을 일으킨다고 생각하고서 눈을 감았다 다시 떠보았다. 다음 순간 그 호랑이가 살아서 걸어 나오는 것 같았다. 나는 거의 반사적으로 엽총을 내밀었다. 나는 비지땀을 흘렸다. 호랑이는 분노하고 있었고 굶주림에 시달리고 있었다. 그 호랑이가 나를 위협하고 있을 때 번개가 쳤다. 호랑이가 나를 덮치는 순간 나는 방아쇠를 당겼다. 나는 총성을 듣지 못했다. 그 순간 벼락 치는 소리와 겹쳤기 때문이었다. 혹은 내가 벼락 떨어지는 소리를 듣지 못하고 총성만을 들었는지도 모르겠다. 그리고 내 흉탄이 그 호랑이의 미간을 꿰뚫었다는 생각이 들었을 때 녀석의 포효 소리를 들은 것 같다. 중심을 잃은 그 물체가 쓰러지기 전에 나는 등을 돌리고 총을 쥔 채로 그 집을 뛰쳐나왔다.

벼락이 간간이 떨어졌고 그것은 내 등을 강타하려는 듯하였다. 어둠 속에서 무작정 덤불을 뚫고 숲을 빠져나왔다. 빛이 그토록 무서워 본 것은 처음이었다. 번개가 칠 때마다 그 빛이 드러나는 전경을 보고 몸을 부르르 떨었다. 나는 수십 번 넘어지면서 숲을 미친 듯이 달렸다. 숲을 벗어날 때쯤 어느 덤불에다 오랜 세월을 나와 함께 했던 엽총을 버렸다. 벌판에서 쓰러졌을 때 다시 일어날 수 없었다. 나는 쓰러진 채로 휴식을 취했다. 다음날 눈을 떴을 때 뜨거운 햇볕이 내 얼굴 위로 쏟아지고 있었다. 폭풍 후의 햇빛은 매우 강렬했다. 내 엽총 위로 풀들이 순식간에 자라고 나의 기억도 사라질 것으로 생각했다.

그 후 나는 두 번 다시 사냥하지 않았다. 며칠 후 형사가 찾아왔다. 이규의 소식을 물었다. 나는 천연스럽게 모른다고 대답했다. 마치 그러리라고 예상했었던 것처럼 그 형사는 더는 묻지 않았다.

"사촌지간이죠?! 방송을 통해 들으셨겠지만 유능한 사람이었는데요. 공금 이십억 원을 갖고서 잠적했습니다. IMF 시대를 겪으면서 누구든 돈에 환장한 것처럼 보인다니까요. 프랑스로 떠

난 것이 확인되었습니다. 그런데 조사하면 할수록 이상하군요. 그럴 필요가 없었을 텐데요. 악성 백혈병에 걸려서 얼마 살지도 못한다고 들었는데……"

"악성 백혈병이오?"

"그렇습니다."

나는 내 손을 쳐다봤다. 나 자신이 역겨웠다.

"학적부를 뒤져봤더니 아주 우수한 학생이었고 모범적이었던데……"

나는 그가 몇 마디 하는 것에 신경을 쓰지 않았다. 그는 머쓱해서 돌아가 버렸다. 노을이 지고 있었다. 노을에 대고 나지막하게 혼잣말을 했다.

"타인을 이해하는 것이 가능한 것일까?"

나는 도시로 나왔다. 끈적끈적한 욕정에 내 몸을 맡겨 버렸다. 술과 여자와 도박을 즐겼다. 그것들 외에 할 일이 아무것도 없었다. 그렇게 몇 년을 지낸 후에 몸이 쇠약해져서 병원에 입원했다. 그리고 프랑스로 갔다. 다시 금욕적인 생활을 시작했다. 공부에 전념하였고 불문학 박사학위를 받고 귀국했다. 그리고 본교로 돌아가서 교편을 잡았다. 때로 학생들과 술자리를 같이했다. 나는 유쾌한 기분으로 술을 마시곤 했다. 그날도 가볍게 생맥주를 몇 잔 들이켰을 때 한 학생이 열변을 토하기 시작했다. 나는 대체로 듣기만 하는 편이었다.

"칸트도 자식이 없고 쇼펜하우어도 자식이 없죠. 대부분의 현인 즉, 보다 뛰어난 인간은 요절하거나 보통 후손이 없어요. 열등한 생물일수록 후손의 수가 많지요. 후손을 낳는 것은 아주 어리석은 일이야."

"너는 너무 생을 비관적으로 보는구나."

한 녀석이 반론을 폈다.

"그럼 생이 즐겁단 말이야?"

"그럼 즐겁지! 이렇게 여유를 갖고 한 잔의 맥주를 들이킬 시간이 너는 즐겁지 않다는 말이야?"

"너는 밥통이다."

그들은 서로를 노려보았다.

"교수님, 세상을 살아가는 자가 누구라고 보십니까?"

나는 갑작스러운 질문에 당혹했다.

"자네 이름이 뭐지?"

"조동호입니다."

"나와 같은 사람들이지. 나는 자식이 다섯이나 되지. 나와 같은 사람들이지. 강한 개성을 지니지 않고 적절히 주위에 동화되어 적응력이 강한 사람."

그는 확연히 내 말에 실망하는 눈치였다. 아니 경멸의 눈빛마저 담고 있었다. 그가 내게 이규를 떠올리게 했다. 과연 누가 이 세상을 사는가? 끊임없이 이규의 분신은 내게 나타났다. 완전히 이규를 닮은 사람은 없었지만, 어느 한 부분일지라도 분명이규를 떠올리게 하는 인물들이 줄을 이었다.

"동호야! 시간을 내서 내게 종종 들리도록 해. 술은 내가 충분히 살 테니……."

나는 그가 어떻게 살아갈지 궁금해지기 시작했다. 그는 아무 말도 없이 일어서서 나가 버렸다.

"교수님 이해하세요. 저 애는 성격이 특이해서 다른 애들도 싫어해요. 그런데 교수님한테 특히 관심이 있는 것 같았어요. 분위기가 마음에 든다나요. 뭐……."

나는 말없이 담배를 피워 물었다. 나는 더 살아가는 게 두려워지기 시작했다. 그리고 요새는 이규가 다시 나의 뇌리에서 고개를 쳐든다. 나의 어떤 일탈과 방황과 변신도 세월의 먼지마저도 그를 덮지 못하였다. 그는 나의 현존하는 일부였고, 나의 사라진 일부였다. 인간은 모두 비밀을 간직한 숲과 같다는 생각이 든다.

나는 이 모든 것을 고백하기로 했다. 탁자 밑으로 바퀴벌레가 기어가고 있었다. 나는 힘껏 바퀴벌레를 발로 밟았다.

초인(超人)의
노래

여름도 막바지에 접어들면서 아침저녁으로 선선한 날씨가 시작되고 있었다. 저녁 무렵에는 부드러운 귀뚜라미 울음소리가 들려와서 다소 쓸쓸한 정취를 느끼게 하곤 했다. 시립도서관 뜰에는 가을의 전령사들이 속속 도착하고 있었다. 역사소설을 쓰려고 참고문헌들을 하루 종일 뒤적거리다 집으로 돌아왔다. 고려시대의 강조라는 장군은 매력적인 인물이었다.

"참 피곤한 날이었어, 점심도 굶었다고, 저녁은 어떻게 됐어?"

"차려 놨으니 드세요."

아내가 명랑했다.

"아니 무슨 기분 좋은 일이라도 있었나?"

"연지가 시험을 아주 잘 봤어요."

"그래? 당신을 닮아서 연지가 똑똑해."

"참, 편지가 왔어요."

"누구에게서?"

"그냥 친구라고만 쓰여 있던데요."

식사를 끝내고 나서 편지를 읽기 시작했다. 커피를 마시면서 텔레비전을 보던 아내가 누가 보낸 편지냐고 물어 왔지만 말없이 읽어 내려갔다.

"아니 누가 보낸 편진데 그렇게 심각하게 읽어요?"

"당신도 알 걸, 손편하란 친구 기억할 수 있어? 대학 시절에 좀 친하게 지냈었던⋯⋯"

"아! 그 사람이요? 당신의 시집 속에서 그분의 시를 읽은 적이 있어요. '밤의 마왕이 땅거미를 밟으며' 어쩌고 한 거요!"

"그래 맞아, 그 친구가 나를 자기 집으로 초대했어. 한 일주일쯤 머무르다가 오고 싶은데, 괜찮지?!"

"연지가 보고 싶어 할 거예요."

"될 수 있는 한 빨리 돌아오도록 할게. 근데 연지는 어딜 갔지?"

"친구가 생일 파티를 한대요. 그래서 거길 갔는데 한 시간쯤 있다가 올 거예요."

"어떤 사람에게든 탄생이라는 것은 의미가 깊지. 물론 그날
은 축복받아야 할 날이고 축복을 해야지."

"가서 즐겁게 보내라고 그랬죠."

"난 어릴 때 생일날을 기억하지 못한 채 보내곤 했어. 후후훗.
하지만, 꽤나 즐겁게 어린 시절을 보냈어."

아내는 달콤한 미소를 보내면서 속삭였다.

"우리가 모든 성인들의 죽은 날짜를 기념하는 것은 그날이
하나님 앞에서 새로 태어난 날이기 때문이고요. 출생한 날은 모
르지만 죽은 날짜를 기억하는 것이 더 의미심장한 일이래요."

나는 씩 웃고 그녀에게 가벼운 입맞춤을 했다.

서재로 들어가서 서랍 깊숙이 있는 대학 때 쓴 시집을 꺼내
고는 편하의 시를 들춰냈다.

　　밤이여

　　머리를 풀어 헤치고
　　밤의 마왕이

땅거미를 성큼성큼 밟으며

다가오고 있다.

공포 불안 안식을

검은 망토에 숨기고

밤의 마왕이여!

내게는 안식만을 다오

나는 이 시를 읽고 편하와 처음 만났던 날을 떠올렸다. 노랗다 못해 누렇게 변해 가는 낙엽을 밟고 벤치에 앉아 쇼펜하우어의 글을 읽고 있을 때 그가 내 옆에 와서 앉았다.

그는 니체의 책을 들고 있었고, 내가 읽고 있었던 부분은 일부일처제에 대한 것이었다.

이 세상에서 정말 일부일처제를 실행할 사람이 있단 말인가?

누구라도 남자라면 잠시라도 - 아니 늘 - 일부다처의 생활을 하고 있다고 본다. 이것은 남자가 다 한 여자로서는 부족하다는 공통성에서 보더라도 남자의 자유이며 남자의 정당한 권리로 여겨진다. 여자라는 것은 남자의 종속물이라는 정당한 위치로 돌아와 소위 숙녀라는 것이 그 자태를 없애면 이 세상의 불행한 여자들은 점차로 사라질 것이다.

당시 아내와 친해지고 있을 무렵이어서 이런 내용이 마음에 거슬렸다. 나는 내 옆에 와서 앉은 그에게 이 이야기에 대해서 토론하고 싶어졌다. 어떤 공감 가는 부분이 있을 것 같았다. 편하는 처음부터 어떤 매력이 있었다. 교양 철학 강의를 조용히 듣고 있는 그는 매우 기품 있어 보였고 강렬하고 맑은 눈빛을 뿜어내고 있었다.

"니체를 좋아하나요?"

"아뇨, 전혀……"

그럼 왜 그의 글을 읽느냐는 내 의문의 눈빛 때문에 그는 말을 덧붙였다.

"나는 그를 좋아하지 않지만 그의 생각을 들여다보는 것은 참으로 재미있다고 생각해요. 그런 어리석은 질문을 하는 것을 보니 수많은 사상을 받아들여 혼돈 상태에 있는 모양이군요."

나는 그의 이 무례한 인사에 대해서 별로 화도 나지 않았다. 볼수록 호감이 가는 인상이란 생각에서 미소를 보냈는데 그도 미소로서 답하였다. 그도 내게 호감을 느낀 모양이었다. 술이나 한잔 같이하자는 나의 제의는 선선히 받아들여졌고 꼭 한 잔만 마시겠다던 그가 나의 권유에 못 이겨 두 잔을 더 비웠다.

"고형, 이제 더 이상 권하지 마시죠! 왜냐하면 난 술을 마시면 울적해져요. 난 더 이상 울적해지길 원하지 않아요. 전에 괜한 호기심에 술맛을 알고 싶어서 양주 한 병을 깨끗이 비운 적이 있었어요. 아마 그게 고2 때일 겁니다. 처음엔 한 모금을 마셨는데 씁쓸한 게 내가 기대했던 맛과는 전혀 달랐죠. 그래서 더 마셔 보기로 했어요. 어떤 현상이 일어나는지 경험해 보고 싶었던 거죠. 한 병을 다 비우고 좀 기다리자 변화가 일어났어요. 무엇인가 내 머리를 벗어나는 것 같았죠. 그리고 그것이 저 허공 높이 날아 올라가는 것이었죠. 그것이 너무 슬퍼서 마신 술은 눈물이 되어 흘러내렸고, 흩어진 책 위로 쓰러져서 잠이 들어 버렸지요."

나는 미소를 지었다. 그도 따라서 미소를 지었다. 우리는 금방 친근해져서 많은 이야기를 나눴다. 취기가 돌아서 다소 앞

뒤가 안 맞는 이야기를 나눴는데 취하지 않았다면 나눌 수 없는 다분히 감정적이고 억눌렸던 치부를 드러내는 이야기였다.

"여자가 남자의 종속물로서만이 불행하지 않을 수 있다는 쇼펜하우어의 생각을 어떻게 생각해요?"

나의 가벼운 질문에 그는 울컥하였다.

"여자란 논할 필요조차도 없는 한심한 존재요."

그는 이상하게 '여자'라는 말에 민감한 반응을 보였다.

"어째서 여자가 한심한 존재란 거죠?"

"왜냐하면 이성보다는 감성에 따라 움직이기 때문이죠. 내 어머니는 아버지의 옛 애인에게 살해당하셨어요. 내 아버지의 마음이 그녀에게서 완전히 돌아선 것을 알고 애원하고 협박하다가 결국 그 협박을 실행했죠. 지옥으로나 꺼질 그 여인이 왜 아버지를 살해하지 않고 어머니를 살해했는지는 오래지 않아서 알 수 있었는데 어이가 없었죠. 아버지가 처음에는 어머니에 대해서 죄의식을 갖고 괴로워했는데 나중에는 그 여인만을 생각하게 되었어요. 결국 내 아버지는 그 여인에게 돌아간 것이죠. 그 여인은 사형을 당했고 내 아버지는 폐인이 되어갔죠. 여자란 쉽게 악마가 될 수 있는 존재지요."

말을 마치고는 내가 권하지도 않았는데 또 한 잔의 술을 비웠다. 확실히 그의 우울증은 농도를 더해갔다. 그의 무겁게 보이던 인상이 술을 마심에 따라 점점 허약하게 느껴졌다.

"그런 편견 때문에 여자를 한심한 존재라고 했군요!"

나의 빈정거림이 섞인 말 때문에 그는 벌떡 일어서서 나를 쏘아보고는 휘적휘적 가버렸다. 지금도 그의 눈빛을 잊지 못한다. 그것은 맹수의 눈빛이었다. 우리의 술좌석은 그렇게 끝나버렸다.

그가 나간 후 약간 비틀거리는 걸음으로 내가 그 당시 기숙하고 있던 형네 아파트로 길게 뻗은 잿빛 포도를 걸으면서 편화와 지금의 내 아내인 혜란을 생각했었다.

혜란은 한낮의 태양처럼 눈부셨다. 똑바로 쳐다보면 눈이 멀 것만 같았다. 반면 편하는 빛나는 어둠이었다. 나는 편하가 다시 나를 찾아오리라 확신했고, 예상했던 대로 그는 나를 찾아왔다. 우리는 많은 것을 토론했고 논쟁이 수없이 많았다. 그때 그는 분명히 나보다 높은 경지에 있었다. 아마 홀로 사색한 시간이 나보다 많았던 것이리라.

내가 시집에 있는 편하의 또 다른 시를 읽고 있을 때 노크 소리가 들려왔다.

"누구지?"

"아빠의 연지예요."

"아하! 들어와요. 우리 공주님."

언제나 우리는 이렇게 대화를 시작한다. 어린애는 어른이 주지 못하는 어떤 것을 준다. 미주알고주알 늘어놓는 연지의 하루 일과를 칭찬해 주고 잠자리에 들었다.

내가 전철에서 내렸을 때 편하가 기다리고 있었다. 우리는 어린애마냥 기뻐하면서 포옹을 했다.

"야아, 이게 얼마만이지? 이제껏 소식도 없이 뭘 하며 지냈어?"

"널 잊지 않고 있었어."

14년이란 세월이 흘렀지만 그는 별로 달라지지 않은 모습이었다. 택시를 불러 세우는 그의 얼굴에는 피곤함과 어떤 수심이 엿보였다. 창밖의 전원적 풍경이 썩 훌륭했다. 밤나무 숲을 지나서 큰 호수에 다다랐을 때 편하에게 이곳에 고기가 많으냐고 질문했다.

"저쪽에서 종종 낚시를 하는데 월척을 낚아 올릴 때도 있어."

"그것 멋있군! 내일 낚시를 가는 게 어때?"

"그래, 하지만 날씨가 어떨지 모르겠군."

나는 그의 말에 하늘을 쳐다보았다. 잔뜩 구름이 끼어 있는 하늘을 보았을 때 내일 낚시는 가지 못할 것이라고 생각했다. 삼나무 숲을 지나서 우리는 택시에서 내렸다. 은행나무가 편하의 저택으로 난 외길을 장식하고 있었다. 그의 할아버지가 심었다고 하는 줄지어 선 은행나무는 노랗게 물든 잎들을 하나씩 떨구고 있었다.

고풍스런 분위기의 집에 들어서자 노부부가 우리에게 목례를 보냈다.

"이분들은 박 씨 부부야. 여기서 자질구레한 일들을 하고 있어. 무슨 일이 있으면 이들에게 부탁해."

그들이 다시 한번 내게 목례를 보냈다. 나도 엉거주춤 답례를 보냈다. 편하는 과묵하고 대화를 별로 좋아하지 않는 편이었다. 그래서인지 그들도 편하 앞에서 별로 얘기를 하지 않는 모양이었다. 본채에는 아마 그의 할아버지가 살았었던 것 같았다. 편하는 유학까지 다녀왔다는 그의 아버지가 직접 건축한 다른 채에 살고 있었다. 그 건물은 각이란 존재하지 않았다. 모든 구조가 완만했다. 지은 지가 오래돼서 건물의 색은 바래었고 담쟁이가 벽을 장식하고 있었다. 아름답다는 생각을 하면서도 어떤 음울하고 어두운 분위기를 떨쳐 버릴 수가 없었다. 그것은 내가 편하의 집안에 얽힌 내력을 떠올렸기 때문이다. 편하는 전에 집안의 전설을 말하면서 그의 아버지의 최후도 같이 얘기했었다. 그의 아버지가 그에게 남긴 말은 '분노'하지 말라는 것이었다. '분노'야말로 모든 고통의 시작이라는 말을 남기고는 숨을 거두었다고 말했다.

그의 집안에 한 장군이 있었는데 성질이 급하고 결정을 내린 일은 서슴없이 해치우는 그런 성격의 사람이었다. 한번은 어떤 오해로 한 여인을 죽여 버렸는데 그 후 악몽에 시달리다가 최후를 마치었다. 이상스럽게도 그의 후손들도 차차 그와 유사한 형태로 최후를 맞이했다. 그래서 그 여인의 저주에 대해서 모두 반신반의하게 되었던 것이다.

내가 그 전설을 믿느냐고 편하에게 질문하자 그는 웃음을 터뜨렸다.

"그건 아마도 유전병이겠지. 저주 때문은 아닐 거야. 내게도 언젠가 악몽이 찾아들 수 있겠지. 벌써, 아주 가까이 와 있는지도 모르지."

물리학을 전공했던 그로서는 불확실한 전설 따위를 믿기 어려웠을 것이다.

"무슨 생각을 그리 깊게 하고 있어?"

편하가 나를 돌아다보면서 말하였다. 나는 그의 뒤를 따라서 그의 서재로 들어갔다. 그의 서재, 아니 도서관이라고 하는 것이 적절할 것이다. 만 여권은 족히 될 만한 숫자의 책들이 있었다. 그의 아버지가 모아 두었던 책과 그가 더 사들인 책이라고 편하는 설명했다.

"참 부러워. 10여 년 동안 여기에서 책만 읽었나?"

"네가 쓴 책도 있어."

"그래? 어쩐지 책이 잘 팔린다고 하던데. 네가 사서 그랬군 그래!"

우리는 서로 마주 보며 웃음을 터뜨렸다. 그의 방으로 들어갔을 때 내 눈에 들어온 것은 벽에 쓰여 있는 '空'이었다.

"저 붓글씨는 뭐야?"

"아무것도 아니야."

"훌륭한 대답이군. 공을 느껴보았어? 느낌이 어때?"

"잊어버렸어."

편하는 어떤 것에 대해서 말하고 싶지 않을 때 곧잘 잊어버렸다고 말하곤 했다.

"너는 진공을 어떻게 생각해?"

편하는 갑자기 내게 질문을 던졌다.

"아무것도 없는 것, 즉 무가 아닌가?"

내가 어정쩡하게 대답하였다.

"아니, 진공은 무가 아니라 중요한 물리적 성질을 갖고 있어. 무에서 유가 창조되는 자연의 신비가 진공 속에 도사리고 있지."

"무슨 말인지 도통 모르겠는걸."

국문학을 전공하여 사물을 보는 눈이 다른 나는 편하의 말을 가끔 이해할 수 없었다.

"아인슈타인도 '진공은 기하학적 크기만 갖고 존재하지 않는다. 진공은 어떤 물리적 성질을 갖고 있으며 그 물리적 성질을 통하여 물질과 밀접한 관계를 갖는다'고 말했었지."

"이해하기가 어려워!"

"그렇지. 존재의 비밀이 있어. 실체와 자성이 없다는 것을 말하지. 진공은 아무것도 없는 게 아냐."

편하가 퉁명스럽게 응답했다. 나는 어리둥절해졌지만 이 문제에 대해서 더 이상 거론하지 않기로 했다.

"저것들은 무엇인가?"

책상 위에 쌓여 있는 원고지를 가리키며 그에게 질문을 했다.

"네게 줄 선물이야. 내가 너에게 줬던 시를 기억해?"

"기억하고 있지.「부서진 세계」란 것 말이지."

"그래! 그것이 제일 처음에 있어. 제일 위 첫 장에."

나는 책상 위의 원고지를 뒤적이며 그에게 질문했다.

"그런데 왜 나를 갑작스럽게 초청했어?"

"고독을 이겨내지 못했기 때문이지. 그리고 나 자신이 두렵기도 하고."

"외로움을 꼭 이겨낼 필요가 있어?"

"옛날에 한 현인이 인간은 극복되어질 수 있는 존재이며 극복되어져야 한다고 말했어. 그런데 난 10여 년의 세월을 보내고서 그 말이 허구란 걸 알았지. 인간은 극복할 수 없는 존재였어."

"그것을 깨닫게 된 동기는 뭔데?"

나는 큰 흥미를 느끼기 시작하였다.

"네가 아까 내린 역에서 멀지 않은 곳에 한 아름다운 집이 있어. 내가 좋아하는 은행나무가 있고 또 장미가 있는 6월의 어느 날 그곳을 지나서 바닷가로 가다가 한 여자를 발견했어. 그 집의 정원은 장미로 가득했는데 그 꽃 사이에 서 있는 그녀는 정말 아름다웠어. 나를 보고 미소를 지었었지. 나 역시 미소를 보냈고."

"그래서 그녀와 이야기를 했어?"

"아니, 그날은 그것뿐이었어. 아버지가 즐겨 찾았던 바닷가에서 노을을 보고서 집으로 돌아왔지."

그는 잠시 말을 멈추었다가 다시 입을 열었다.

"그런데 그것이 내게 어떤 변화를 주게 된 원인이 될 줄은 미처 몰랐어. 그날 이후로 그녀의 모습이 어른거리는 거야. 그녀의 영상이 내 머리를 채워가기 시작했어. 내 감성이 내 이성을 배반하기 시작했어."

너는 극복할 수 있었지 않은가 하고 의아한 눈빛으로 바라보는 나를 의식하고서 그가 설명을 덧붙였다.

"물론 그녀를 의도적으로 내 머릿속에서 지워 버릴 수도 있었지만 내 현명함이 나로 하여금 그녀와 접촉하도록 만들었어. 만일 그녀가 백치였다면 난 아마 그녀를 위해 살아가고 있을지도 몰라."

"그건 무슨 의미야?"

이제야 그의 얼굴에 있는 수심의 의미를 알 것 같았다. 어떤 여자 때문에 문제가 생긴 것이었던 모양이었다.

"그녀와 같이 보내는 시간이 많아지자 그녀의 모든 것이 거슬리기 시작했어. 내 위대한 영혼을 시궁창에 처박았어. 나를 미쳤다고 하는 거야. 넌 내가 미쳤다고 생각해?"

"아니, 넌 지나치게 현명하다고 생각해."

한참을 생각하다가 한마디 덧붙였다.

"좀 과도하게 생각하면 널 좀 이상스럽게 보는 사람도 있을 거야. 넌 천재잖아."

"내가 널 부른 것은 내 속에서 모든 평정심이 무너졌기 때문이야. 만약 누가 옆에 없다면 그녀를 죽여버릴지도 몰라. 그녀를 볼 때마다 내가 초인이 될 수 없다는 걸 자각하게 되거든.

그녀의 모습을 보면, 아니 생각만 해도 내가 저주스러워졌어."

말을 마치고 그는 밖으로 나갔다. 뭔가 하지 않을 말을 한 것 같은 표정이었다. 나는 그의 글을 읽기 시작했다.

　　부서진 세계

　　정적을 깨는

　　여린 멜로디가

　　내 영혼을 우수의 바다에 던진다.

　　항해 중에

　　언젠가

　　내 곁을 스쳐 간

　　그 새가 비상한다.

　　놀랍던 빛깔

　　그것은 눈보다 희고

　　햇빛보다 눈부셨다.

물결은 출렁이고

하늘은 연둣빛

끝은 가깝고도 멀다.

항구에서

손을 흔드는 소녀와

백마의 울음소리

아!

뒤에는 연둣빛 궁전이 있었다.

축배의 큰 잔을 들며

이웃들은 웃음을 띠고 있다.

무례하게도 나의 침실에서

한 줄기 바람이 불면

뜰의 은행잎 지고

밤이 찾아오면

육중한 음향과 더불어 문이 잠기고

날이 새면 내 백마 울고 16번 종을 울려야 한다.

아! 아!

여기엔 노을이 없다.

빨간 포도주와 연두색 오로라

끈끈한 소녀

여기엔 생명이 없다.

나는 무색의 검을 들어

나의 세계를 부순다.

쓰러진 소녀와

산산이 부서진 포도주병

찢겨진 은행나무

타오르는 궁전은 회색빛이었다.

나는 작은 배로 항해를 한다.

놀랍던 그 새를 찾아서…….

이 시는 전에 읽었던 느낌과는 판이했다. 전에 읽었을 때 큰 의미는 알 수 있었지만 전부 이해하기가 힘들었다면 지금은 거의 이해할 수 있었다.

다음 장은 「사막의 소년」이란 글이었다.

사막의 소년

사막에

소년이 있었노라.

목마르지 않고

햇볕에 타지 않는

하여,

그는

시간을 모르고 살았노라.

신기루에 속아

수레바퀴를 보지 못하고

30번 종이 치면 자신을 복제하고

80번째 종소리를 들으며 부서져

조각들은 다른 모래에 섞여 버렸노라.

내가 이 글을 대여섯 번 반복해서 읽었을 때 편하가 들어왔다. 그는 말없이 내 옆에 앉았다.

"네가 꿈꾸는 초인은 대체 어떤 것이었어?"

"본능을 버린 인간이야. 아니 본능을 초월한 인간이었지. 만약 내가 너와 모르는 처지에서 네 뺨을 때린다면 넌 분명히 화를 내겠지!"

"그야 물론 그렇겠지."

"왜 화를 낸다고 생각해? 생존 의식 때문이지! 인간의 고통이란 생존하기 위해서 존재하는 것이지. 내가 널 해치려고 한다면 넌 생존하기 위해서 나를 해쳐야 하지. 내가 발견한 고통의 근원은 바로 생존 의식이었어. 생존 의식을 갖고 있는 사람은 어떤 사람도 선해질 수가 없지. 내가 원했던 상태는 생존 의식이 없는 상태였어. 비록 선의 상태는 아닐망정 악의 상태는 결코 아닌 상태였지. 뭐 선악이 그렇게 중요한 것도 아니지만. 말로는 뜻을 전할 수 없어."

그는 잠시 생각하다가 한 마디를 덧붙였다.

"인간이 불행하다고 느끼는 것은 큰 복일 수 있지. '고통에서 벗어나려는 마음'이 생기게 되거든. 그래야 바른 길을 가려고 하게 되는 거야."

그는 말을 마치고 침울한 표정을 지었다.

"산책이나 하자."

밖으로 나와서 머리를 식히고 있을 때 한 줄기 바람이 내 머리를 헤쳐 놓고 사라졌다. 바람이 낙엽을 쓸고 갔다. 우리는 말없이 숲속의 오솔길을 산책하였다.

다음날 예상외로 날씨가 맑아 낚시를 가기로 했다. 낚싯대를 챙기고 있을 때 어떤 여자가 찾아왔다. 그녀의 모습은 꽤 아름다웠지만 수척한 모습이었다. 매혹적인 붉은 입술과 창백한 얼굴이 강하게 남자의 마음을 끌고 있었다. 밖으로 나가려던 편하를 발견하고 그녀는 눈물을 흘리기 시작했다.

"편하 씨, 편하 씨 제발 얘기를 좀 해요. 내가 잘못했어요."

"당신은 잘못하지 않았어요. 단 한 가지 나를 찾아오는 것을 제외하고는 말이에요."

그녀에게 고함을 지르고는 내게 밖으로 나가자고 말했다. 나는 코트를 걸치고 편하를 따라 나섰다. 뜰에서 그녀가 편하를 붙들고 뭔가 말을 하려 하자 편하는 그녀를 세차게 밀어냈다. 그녀는 애절하게 울음을 터뜨렸다. 그리고는 욕을 내뱉기 시작하였다. 앙칼진 목소리로 욕을 하는 그녀는 보기와는 달리 표독스러웠다.

호숫가를 지나서 밤나무 숲으로 들어설 때까지 우리는 아무 말도 하지 않고 그냥 걸었다.

"그녀는 매일 저 모양인가?"

"날이 갈수록 심해지고 있어. 이젠 최악의 상태에 다다르고 있어."

"최악의 상태란 어떤 걸 말하는 거야?"

그는 나를 돌아보다가 조심스럽게 대답하였다.

"그녀가 정신병원에라도 가는 거지."

나는 그의 냉혹함에 혀를 내두르지 않을 수 없었다.

"그녀가 측은하게 여겨지는군. 그녀와 가까워질 수는 없나?"

내가 그에게 이런 말을 하자 그는 펄쩍 뛰었다.

"그녀는 내게 지옥을 만들고 있어. 내가 얼마나 고통을 받고 있는지 넌 전혀 느끼지 못하고 있었어. 그런 소릴 하다니……."

나는 더 이상 그에게 그녀에 대하여 말할 수 없었다. 우리는 천천히 읍으로 들어가서는 영화를 한 편 봤다. 그 영화의 제목은 〈알제논의 꽃다발〉이었다.

내가 며칠 머무는 동안 그녀는 매일같이 찾아와서는 울음을 터뜨리고 상스런 욕지거리를 늘어놓곤 하였다. 그때마다 편하와 나는 급히 자리를 피하였다. 한번은 낚시를 갔다가 그녀가 나타나서 낚싯대도 내버리고 자리를 피한 적도 있었다. 내가 마지막으로 그녀를 보던 날, 나는 왜 그녀가 그렇게 집착하느냐고 질문했다.

"네가 네 아내나 딸에게 봉사를 하고서는 그들이 또 널 사랑하길 원하지. 아니, 받고 있겠지만 사람들은 대체로 어떤 대상을 사랑하길 원하지. 물론 그 대상도 필연적으로 그들을 사랑해야 해. 그녀에게는 내가 그 대상으로 인식된 거지. 어리석은 일이야."

그는 하늘로 눈을 돌렸다. 하늘은 쾌청했고 주위의 나무들에게서도 상쾌함이 전달되었으나 편하는 그런 것을 거의 느끼지 못하는 것 같았다.

다음날부터 그녀의 모습은 볼 수가 없었다. 하루 동안 그녀가 안 나타나자 편하는 우리에 갇힌 사자처럼 초조한 모습이었다. 불안감이 그를 완전히 압도하고 있었다. 나는 그의 주의를 환기시키기 위하여 정신을 집중시키는 바둑을 권하였다.

"바둑이나 한판 둘까?"

"그럴까?"

그는 마지못해서 나와 바둑을 두기 시작했다. 편하는 남의 부탁을 좀처럼 거절하지 않았었다. 틈틈이 기원에서 닦은 내 바둑 실력도 괜찮은 편이었는데 편하에게 계속 대여섯 번을 지고 말았다. 흑 바둑알을 주워 담으면서 내일쯤 집으로 돌아가고 싶다는 뜻을 편하에게 내비치었다.

"내일쯤 집으로 돌아갈까 해. 아내도 기다릴 테고 연지도 보고 싶어."

"네 딸이 몇 살이지?"

"열 살이야."

"세월이 빨리 흘러갔는걸. 네가 벌써 열 살 난 딸을 두다니."

"내일은 낚시나 같이 가고 모레 올라가. 저번 낚시는 엉망이었으니까."

"그래 그렇게 하도록 하자."

하루쯤 더 머물러도 상관이 없었다.

밤나무 숲에서 밤을 나르던 박 씨 내외가 낚시를 가는 우리에게 미소를 보냈다. 호숫가에서 낚싯대를 드리우고 편하 쪽을 돌아보았을 때 그의 손가락이 호수 가운데를 가리키고 있었다. 그녀가 떠 있었다. 편하가 왜 그토록 불안해했는지 알 것 같았다. 그는 그녀가 죽을 것이란 사실을 알고 있었던 것이다.

그날 오후 우리는 편하의 아버지가 생전에 자주 찾았다는 곳을 찾아갔다. 그의 아버지는 바다를 꽤나 좋아했다. 나는 편하의 뒤를 따라가서는 뒤쪽에서 그를 지켜봤다. 그는 나의 존재를 전혀 의식하고 있는 것 같지 않았다.

노을이 바다를 서서히 물들여 갈 때쯤 편하는 평정을 찾았다. 나는 그의 얼굴 표정을 살피면서 혼자 생각을 했다.

'어떻게 저렇게 평화스러운 표정이 될 수 있을까? 죄의식 같은 건 찾아볼 수도 없어. 내가 아는 편하는 하찮은 잘못에도 지나치게 많은 죄의식을 느끼곤 했었는데, 저 신비스럽게 느껴지는 표정은 무엇인가? 그는 분명히 달라져 있어. 초인에 가까워진 것일까? 나 자신도 극복되어지길 바라지만……'

내가 이런 생각을 하고 있을 때 편하가 나를 쳐다보았다.

"무얼 생각하고 있어?"

"응? 아! 자연의 한 부분, 가령 노을과 같은 것은 인간이 쓴 어떤 시보다도 훌륭한 시라고 생각했어."

그는 조용히 머리를 끄덕였다. 그의 모습은 내가 만난 이후 가장 평온하게 보였다. 다음날 내가 그에게 이별을 고했을 때 정말 상쾌한 미소를 내게 보냈다.

아내가 반가운 모습으로 대문을 열었고 연지가 '아빠' 하고 환호하며 달려왔다. 나는 연지를 번쩍 들어 올렸다.

"아야! 공주님이 많이 자랐네요."

"아빠가 무척 보고 싶었어요."

"나도 그랬어. 연지가 매우 많이 보고 싶었어."

"당신 별로 유쾌하게 보내지 못했던 것 같아요."

아내가 조심스럽게 질문했다.

"아니 잘 지냈어."

"아빠, 우리 내일 소풍 가요. 코스모스가 예쁘게 피었는걸요. 빨강, 하양, 분홍 중에 아빠는 어떤 색깔이 제일 좋아요?"

"음, 모두 좋지만 한 가지를 선택하라면 분홍을 선택하겠어."

"왜요? 난 빨강 코스모스가 제일 좋은데……."

연지의 질문에 아내가 대신 대답했다.

"그건 빨강과 하양을 합해서 제일 가까운 색이니까 그럴 거야."

"하여튼 내일 소풍 가요. 일요일이니까 사람들을 많이 만날
수 있을 거야."

"연지는 사람을 많이 만나는 게 좋아?"

"그럼요. 사람들은 모두 친절하고 나를 좋아해."

나는 연지의 머리를 가볍게 쓰다듬어 주었다.

보름 후쯤 아니, 정확히 18일 후 나는 그의 편지를 받았다.

　잘 있나? 형기!

　오늘 변호사를 불러서 내 재산 전부를 사회사업 단체에 기부했
어. 아마 그들이 옳다고 믿는 곳에 사용되겠지. 전부 네게 줄까 생
각도 해봤지만 네게 도움이 되지 않을 것 같더군.

　이 편지는 박 씨 내외에게 15일 후 붙이라고 부탁했지. 그들은
마치 나를 자식처럼 돌봐주고 있었어. 장기간 외국 여행을 떠날
예정이라고 했더니 섭섭해하면서 내 곁을 떠났지.

네겐 나의 글을 남겨 두었어. 네가 원한다면 내 길을 따라올 수 있을 거야. 이 세상에 모든 것은 얽혀 있어. 하나가 전부이고 전부가 개별적인 것이야. 나와 네가 다르지 않다는 것이지. 이것저것이 얽혀 있는 상태를 나라고 생각했지만 하나하나 떨어내면 나라는 것이 없어. 내가 없으니 고통이 없으며 죄의식이니 회한이니 하는 것도 없지. 물론, 두려움과 기쁨도 없어.

그동안 보여준 우정에 감사를 표해.

- 손편하

나는 그의 편지를 몇 번이나 반복해서 읽고는 가벼운 전율을 느꼈다. 한꺼번에 내 몸의 피가 머리로 올라가는 기분이었다.

친구에게 승용차를 빌려 그의 집에 닿았을 때 깊은 정적만이 흐르고 있었다. 흩어진 은행잎을 밟으며 그의 서재로 들어가서는 가장 최근의 글을 읽었다.

그 후의 세계

그리고

결코, 다시는

몽상의 새를 볼 수 없었다.

나는 파멸했으나

자유로웠다.

완전히……

그러하다.

이제 나는 날을 수 있다.

자유로이

창공의 독수리처럼……

흩어지는 나의 의식은 소멸했다.

나는 나라는 존재 의식이 없고

세상이 존재한다는 의식도 없고

깨달았다는 의식도 없으며

모든 욕구가 없는 지극히 평온한 언덕에 올랐다.

이것이 있어 저것이 있다는 것을 깨닫고

이것을 허물면 저것이 무너지니

내가 없으며

집착이 어디 있으랴.

나는 그의 원고를 읽다가 그만두고 한옥으로 급히 뛰어 들어 갔다. 거기서 나는 편하를 발견했다. 얼굴 가득히 충만한 미소를 띠고 정좌하고 있었다.

"편하? 편하? 편하!"

그의 이름을 조용히 몇 번 부르고 살그머니 손가락을 그의 코끝에 대어 보았다. 호흡이 멎어 있었다.

한옥을 나서면서 이제 몇 잎 안 남은 은행나무를 휘청거리면서 붙잡았다. 현기증이 일었다. 세상이 한 바퀴 빙글 돌고는 제 위치를 굳혔다.

그는 마침내 모든 본능을 넘어서 완전한 안정의 세계로 간 것인가? 그는 정녕 피안의 세계로 간 것일까? 과연 어떠한 상태에서도 마음의 흔들림이 없는 상태로 간 것인가? 이제 다시는 기나긴 윤회의 여행을 떠나지 않을 것인가? 이 세상의 걱정과 슬픔에서 벗어나서 물질이나 명예, 출세, 집착, 이득의 속박, 그리고 모든 희로애락이라는 감정의 속박에서 벗어나 평정에 이르렀는가? 그의 얼굴에는 희로애락이 나타나지 않았고 그저 부처의 성스러운 모습처럼 은은한 미소가 흐르고 있을 뿐이었다.

그의 글을 한 아름 안고 승용차에 올랐다.

'나도 초인이 될 수 있다. 초인이 될 수 있다.'

내 심장의 박동 소리가 들리는 것 같았다. 승용차가 호숫가를 지나칠 때 연지의 얼굴과 아내의 얼굴이 스쳐 지나갔다. 나는 급히 차를 정차시키고 그의 선물을 안고서 내렸다. 문득, 그와 나는 다른 길을 걸어갔음을 깨달았다.

수천 개의 불탑이 어른거리는 미얀마 양곤(Yangon) 벌판의 작은 길을 두 소년이 걷고 있었다. 황토 먼지 속에서 두 소년은 갈림길에서 손을 흔들며 각자의 길을 걸어갔다. 두 소년은 소리 내어 밝게 웃고 있었다. 지평선으로 떨어지는 석양이 바간(Bagan) 평원에 펼쳐진 수많은 불탑에 붉은빛을 보내고 있었다. 두 소년의 볼에도 붉은 석양이 머물고 있었다.

만추의 가을 햇살이 눈부셨기 때문에 내 눈에서 눈물이 흐르고 있었다. 호수로 그의 선물을 뿌렸다. 마치 낙엽처럼 팔랑거리면서 날아간 그의 역사는 호수를 덮었다.

꿈은
이루어진다

이규가 좋아하는 오페라 〈루슬란과 루드밀라〉의 서곡처럼 살아가면서 어떤 사건이 일어날 때 꼭 전주곡이 울리는 것은 아니다. 누구나 직면하게 될 수도 있는 가혹한 운명은 어떠한 징조도 없이 시베리아의 북풍처럼 거침없이 휘몰아쳐서 감당하기 힘든 고통을 사람들에게 안겨 주기도 한다.

김이규가 평생 잊을 수 없는 그날, 탑동 바닷가에 부는 바람은 부드럽고 향긋하였다. 눈부시게 햇살이 부서지는 물결 너머로 불어오는 바람결은 차별 없이 모든 사람의 볼을 어루만져 주고 있었다. 눈 부신 태양과 여름 바다가 선사하는 풍경 사이로 달리는 자전거도, 대화를 나누는 연인들의 모습도 수채화처럼 싱그러웠다. 누구라도 그러하듯이 김이규도 평화스러운 여름날의 한가로움과 편안함을 즐기고 싶었다.

1998년 6월의 어느 무더운 날, 이규는 차를 몰고 바닷가 광장으로 나갔다. 일곱 살 난 그의 아들이 아이스크림이 먹고 싶다고 하여 오천 원을 줬다. 한참이 지나도 아이스크림을 사러 간 아들이 돌아오지 않자 이규는 아들을 찾으러 거리로 나갔다. 길가에 사람들이 모여 웅성거리고 있었다.

"정말 끔찍한 사고로군요."

어떤 아주머니가 떨리는 목소리로 하는 말을 들었을 때, 이규는 불길한 예감에 휩싸였다. 얼른 둘러싼 사람들을 비집고 들어서니 승용차 옆 아스팔트 위에 아들 형기가 엎어져 있었다. 형기의 코와 귀에서 피가 흘러나오고 있었다. 이규는 숨이 막히면서 현기증을 느꼈다. 정신이 반쯤 나가서 목이 멘 채로 무슨 말을 하는지도 모르는 것처럼 '형기야, 형기야!'를 되뇌었다.

"내 소중한 아들, 내 아들…… 죽으면 안 돼……"

형기를 병원으로 옮겼을 때 의사가 이규에게 권했다.

"형기가 알아들을는지는 모르겠지만 아빠가 곁에 있다는 걸 알게 해 주세요."

살아날 가망이 있든 없든 이규는 계속 말을 하고 땀을 닦아

주었다.

일주일이 지난 후 의사는 이규에게 퉁명스러운 말투로 형기는 살아날 가망이 없다고 알려 주었다. 소생하더라도 아마 평생을 병원에서 지내야 할 거라는 이야기였다. 이규는 죽은 듯이 누워 있는 형기의 손을 가볍게 쥐고 말했다.

"싸워서 이겨내야 해. 제일 중요한 것은 의지야."

몇 주가 지나면서 형기는 체중이 7kg이나 줄어들었다. 이규는 형기를 잘 돌보지 못해서 이런 사고가 났다는 죄책감에 더 괴로워했다. 형기의 얼굴을 똑바로 보지 못하고 고개를 돌려서 오열을 터트리곤 했다.

한동안은 스스로 생각해도 정상이 아니었다. 그가 좀 더 강인하지 못했다면 이런 고통을 극복하지 못하고 자신을 학대했을 것이다. 그의 아버지는 이규를 강하게 키웠다. 네팔의 오지에서 가난한 아이들과 똑같이 험난한 역경을 이겨 내도록 내버려 뒀다. 자연은 스스로 필요한 것을 단련시키고 키운다. 그의 아버지 김준하는 스스로 인류에게 모든 것을 바쳤다. 부모님과 헤어져 한국의 삼촌에게로 온 이규가 오랜 시간 후에 깨달은 것은 자신은 아버지처럼 살 수 없다는 것이었다. 오랫동안 연락을 하지 않았지만 어려움이 닥치자 아버지에게 전화를 했다. 눈에 넣어도 아프지 않을 손자가 일어나지 않는 상황에서 김준하는 이규에게 전화를 통해 낮은 목소리로 위로했다.

"얘야. 자책하지 마라. 최악의 불운은 비난할 대상이 없는 경우라고도 한다. 미래에 대한 믿음을 가져라. 형기가 꼭 일어난다고 믿고 하느님께 기도해라. 판도라의 상자를 열었을 때 고통을 이길 수 있는 희망도 같이 나왔단다. 희망이 없다면 살아도 죽은 것이란다. 나는 너를 사랑한다."

흐느끼면서 아버지의 격려를 듣던 이규는 통화를 마치고 눈물을 닦으며 어금니를 악물었다. 형기는 결코 죽지 않고 꼭 일어날 것이라고 믿기로 마음먹었다. 일어나지 못한다는 건 생각하지 않고 죽는 날까지 형기를 간호하기로 다짐하였다.

형기는 축구를 무척 좋아했는데 특히 골키퍼를 좋아했다. 이규는 형기의 머리맡에 골키퍼 김병지 선수의 사진 액자를 갖다 놓고는 형기에게 속삭였다.

"영웅도 비겁자도 똑같이 두려움을 느낀다. 두려움에 대한 태도가 다를 뿐이다. 맞서서 극복하는 것이 영웅이 갈 길이다."

이규는 절망적인 상황에서 자신에게 말하듯이 반복해서 같은 말을 중얼거리고 있었다.

형기를 낳다가 미숙이는 저세상으로 갔다. 형기가 일어나지 못하니 미숙에 대한 그리움이 밀물처럼 밀려왔다. 아무리 절망적인 상황이라 해도 이규는 포기할 수 없었다. 약한 모습을 보이지 않겠다고 다짐하고 있어도 눈물이 흘러내렸다. 부질없는 눈물이 절망의 심연에서부터 흘러나오는 것 같았다. 임종하는 미숙이의 귓가로 형기의 나직한 울음소리가 파고 들어가고 있었다. 노을이 지고 어둠이 깔리며 빛이 사라지듯이 미숙이의 숨결도 사그라졌다. 죽음 뒤에 마지막 키스를 할 때 이규는 온갖 회한으로 걷잡을 수없이 슬픈 감정에 복받쳤다.

그녀는 길고 오뚝한 코를 갖고 있었다. 아랫입술이 다소 도톰하여 육감적인 면이 있었다. 눈에는 항상 경쾌함이 감돌고 생기가 넘쳤었다. 쾌활하고 친절했다. 그런 그녀를 보내는 것은 이규에게는 너무나 가혹한 일이었다. 온 세상에 그녀와 같은 사람은 다시는 없으리라고 확신했다. 그러나 그녀와 함께한 행복한 시간은 너무나 짧았다. 일 년이 막 지났을 뿐인데 형기만 그에게 남기고 떠나갔다.

　축구장 탈의실에서 김병지는 이마의 땀을 수건으로 닦으면서 그의 팬인 한 소년이 혼수상태로 누워 있다는 이야기를 생각했다. 그는 이규에게 전화를 걸어 문병을 가겠다고 했다.

　"찾아와도 별로 도움이 될 것 같지 않습니다. 완전히 의식이 없는 것 같아요."

　이규는 착잡한 심정으로 수화기를 내려놨다. 병지도 씁쓸하기는 마찬가지였다. 그러나 3일 후 병지가 병원으로 찾아왔다. 말쑥한 모습으로 이규에게 악수를 청했다.

　"김이규 씨죠, 저는 김병지입니다."

　병실 안으로 들어가서 병지는 창백한 얼굴로 누워 있는 형기를 근심스러운 표정으로 우울하게 들여다보았다. 그는 마음속으로 기도하는 듯 침묵하고 있더니 한참 후에 입을 열었다.

　"뭐든 도움이 될 만한 일이 없겠습니까?"

　이규는 절망적으로 고개를 몇 번 흔들고는 아래를 내려다보았다. 눈물이 흐를 것 같은 감정을 추스르느라 고개를 들어 천장을 쳐다보며 애를 썼다. 김병지는 잠시 죽은 듯이 누워 있는 형기를 한참을 굽어보고 있다가 갑자기 형기의 몸을 가볍게 흔들며 나직하고 단호하게 말하였다.

"김형기! 일어나! 난 골키퍼 김병지다! 강한 볼은 주먹으로 쳐내서라도 골인시켜서는 안 돼! 공을 두려워해서는 훌륭한 키퍼가 될 수 없는 거야! 아무리 강한 볼이라도 똑바로 공을 주시하고 공을 맞서야 해!"

그 순간 기적 같은 일이 일어났다. 형기의 안면 근육이 가볍게 움직이고 눈을 살며시 뜨고는 김병지를 쳐다보고 다시 눈을 감았다. 김병지는 두 눈을 동그랗게 뜨고 이규와 형기를 번갈아 쳐다보며 가슴속에서 감동이 올라오는지 어안이 벙벙하여 말을 잇지 못했다.

"이규 씨도 봤죠? 형기가 눈을 떴어요, 나를 똑바로 봤다고요!"

병지와 이규는 의사를 불렀다. 의사는 형기를 잠깐 검진해 보더니 고개를 갸웃거리며 두 사람을 쳐다보고는 나가 버렸다. 형기는 다시 죽은 듯이 움직이지 않았다.

"병지 씨, 분명히 눈을 떴었나요? 내 아들이 금방 일어나겠지요?"

병지는 분명히 형기가 눈을 뜨는 것을 봤다고 생각했다. 그러나 눈을 뜬 것은 순간적이었고 다시 죽은 듯이 누워 있는 형기를 보자 입을 다물었다. 김병지는 서명한 축구공을 형기의 침대 위에 선물로 놓고 병실을 나왔다. 병지는 발걸음이 떨어지지 않는 듯했다. 이규와 함께 가까운 횟집으로 들어갔다. 이규는 병지가 참 고마웠다. 서로 마주 앉아 말없이 술잔을 비우다가 이규가 먼저 이야기를 시작했다.

"저희 부모님은 의사입니다. 세계보건기구에서 평생을 보내기로 작정하신 분들이죠. 열 살쯤 돼서 저는 삼촌 집에서 학교를 다녔죠. 외로움을 느낄 때가 많았지만 표현하지 않고 잘 참아냈어요. 제 아내 황미숙을 만나서 함께 지낸 시간이 가장 행복한 시간이었지요. 형기를 남기고 저세상으로 가버렸지만요……"

김병지는 김이규의 집안이 대대로 부유하게 살아온 명문이라는 것을 들어서 알고 있었다. 그러나 인간의 본질적인 고통은 아무도 피할 수 없다는 것을 그는 잘 알고 있었다. 축구 골키퍼였기에, 고독하게 혼자 싸워 온 세월이 있었기에 이규를 이해할 수 있었다. 늘 외롭고 불안하고 두려워도 신념에 찬 골키퍼는 어려울 때 팀원들에게 가장 큰 믿음을 주듯이, 훌륭한 골키퍼로 슈팅을 막아냈을 때 고통의 정점에서 강한 희열을 느껴본 시간들이 있었다. 그는 이규의 대신할 수 없는 고통을 이해할 수 있었다. 누군가가 이야기했다. 부모가 죽었을 때 인간은 과거를 잃어버리지만, 자식을 잃어버렸을 때는 미래를 상실하는 것이라고. 그는 형기가 다시 일어서기를 간절히 기도했다.

김병지는 일상으로 되돌아갔다. 열정적으로 경기를 치르고 난 후 때때로 형기를 찾아갔다. 그때마다 격려의 말을 했지만, 형기는 그저 죽은 듯이 누워만 있었다.

2000년 3월 5일 마지막 꽃샘추위가 가실 무렵이었다. 형기의 침상에서 졸고 있던 이규는 어디서 가냘프게 "아빠……"라고 부르는 소리를 듣고 화들짝 놀랐다. 형기를 바라보니 형기가 눈을 뜨고 빙긋이 웃고 있었다. 그러나 다시 깊은 잠에 빠졌다.

그날 이후, 형기가 깨어 있는 시간이 조금씩 점점 길어져 갔다. 의사는 기적과 같은 일이라고 했다. 일어서거나 걸을 수는 없지만, 보고 들을 수 있게 된 것만도 다행이라고 이규를 위로했다. 그때 김이규는 처음으로 자신도 모르게 하느님께 감사를 드렸다. 병원 로비의 중심에 둥근 판에 있는 글귀가 떠올랐다.

'간절한 마음은 닿지 못하는 곳이 없다네. 간절히 바라면 우주가 온 힘을 다하여 꿈을 이루어 주려고 돕는다.'

이규는 아들이 일어나길 간절히 바라고 있었다.

이규는 인간의 마음이 둥글다고 생각하고 있었다. 이유는 몰랐다. 왠지 마음은 둥글 것이라는 믿음이 있었다. 그리고 둥근 것의 중심을 탐색하고 싶은 마음이 생겼다. 축구공의 중심에 무엇이 있을까? 무엇이 형기를 깨웠을까? 둥근 것들의 깊은 중심엔 생명력의 강한 불꽃이 사는 방이 있는지도 모른다.

축구 골키퍼를 좋아하는 형기는 좋아하는 김병지의 방문을 항상 기다렸다. 사인한 축구공을 선물로 받고 항상 옆에 두었다. 공을 만지고 싶은 욕구는 형기의 손을 움직이게 하였고, 이규는 아들이 점진적으로 정상적인 몸으로 돌아가고 있다고 확신했다. 이규는 이 모든 것들이 병지에게서 비롯되었다는 느낌을 받았다. 사실 병지는 형기를 깨워 주는 행운을 이끌고 이규에게 나타난 것이었다.

이규는 형기를 위해서 붉은 악마 응원단에 가입했다. 1997년

결성된 후, 4년여간 붉은 악마는 아시아, 유럽, 아프리카, 중동 등 한국 축구 대표팀 경기가 열리는 곳이면 어디든 찾아가 열띤 응원을 했다. 붉은 악마 응원단은 한국대표팀의 12번째 주전 선수라는 말을 들으며 경기장 한편을 붉게 물들였다.

2001년 1월 초 1만여 명이었던 붉은 악마는 1년여 만에 5만여 명으로 늘어나서 '코리아 파이팅'을 외쳤다. 이즈음에 형기는 퇴원해서 물리 치료를 받고 있었다. 형기는 기적처럼 점차 나아지고 있었다. 의사도 한마디로 기적이라고 단언하였다.

"깨어났을 때 보고 들을 수는 있어도 일어서거나 걸어 다닐 수는 없을 거라고 예상했었는데, 이젠 정상인으로 회복도 가능할 것 같아요."

의사는 보람을 느끼는지 환한 미소로 이규와 형기를 전송했다.

형기는 휠체어에 탄 채로 붉은 악마 응원단에 참가해서 다른 사람들과 어울리면서 역동적이고 정열적인 성격으로 변해갔다. 붉은 악마 응원단은 10대부터 노년층까지 함께했다. 축구를 좋아하는 평범한 회사원부터 대학생, 노인, 청소년까지 다양한 사람들이 모여들었다.

히딩크 감독은 2000년 12월 한국축구대표팀 사령탑으로 부임한 이후 한국을 16강에 진출시키려고 노력하였다.

"2002년 한·일 월드컵 목표는 16강 진출이며 가장 중요한 배경은 자신감이다. 월드컵 본선에서 한국 팀이 한 번도 올리지 못한 승리의 쟁취와 이를 토대로 한 16강 진출이 목표다. 현실적으로 16강 진출이 어렵다는 반응을 보이는 사람들이 있다고 하지만 한국이 전혀 가능성이 없는 나라였다면 처음부터 감독직을 수락하지 않았다."

히딩크 감독은 자신감을 강조했다. 김병지는 월드컵에서 최대한 기량을 선보일 결심을 하고 있었다. 인터뷰를 할 때도 자신 있게 말했다.

"월드컵 출전국 골키퍼 중 가장 적은 실점으로 한국 축구의 우수성을 널리 알리겠습니다."

그즈음 이규는 부모님과 통화를 했다. 감정을 잘 드러내지 않는 분들이었지만 형기가 일어났다는 소식을 듣고 무척 기뻐했다. 월드컵에 관해서 이야기하자 국경과 인종, 대륙과 언어의 장벽을 뚫은 '유일한' 세계 종교의 역할을 한다고 논평했다. 부모님은 세계를 걱정했다. 잘못된 민족주의는 인류에 대한 모독이고 소수의 탐욕에서 비롯하여 대중을 잘못된 길로 이끌어서 광기에 휩싸이게 한다고 항상 이야기했다. 전 세계의 국경과 인종의 벽을 허물고 '인류는 하나다'라는 기치 아래 인류가 직면한 문제를 풀어나가야 한다며. 이규는 부모님과 통화한 후에 김병지에게 전화했다.

"병지 씨, 요즘 기량을 제대로 발휘하지 못한 것 같아서 안타깝군요."

병지는 차분하게 대답했다.

"항상 모든 일이 제가 원하는 방향으로만 가는 것은 아니죠. 간혹 인생에서 쓴잔을 들어야만 할 때가 있죠. 그럴 때는 과감히 망설이지 말고 들이켜야만 되죠. 지금이 그때인 것 같아요."

병지는 비록 많은 골을 허용했더라도 가족들과 친구들이 자신을 믿어줄 것을 알고 있었다. 그는 부산 '소년의 집' 출신이어서 고아라는 오해를 많이 받았다. 그는 단지 축구가 너무 하고 싶어 '소년의 집'을 선택했다. 마산공고 시절 그는 1m 63㎝에 불과했기 때문에 키가 작아서 골키퍼가 되기 어려울 것이라는 말을 들었다. 그러나 축구를 향한 소년의 열망은 식지 않았다.

김병지는 생계 문제를 해결하기 위하여 승강기 수리공과 선반 용접공 자격증을 취득하며 일하였다. 그는 일하면서도 열심히 훈련하였다. 결국, 그는 입단 테스트를 통과하여 상무에 입단했고, 그 후 프로축구 울산 현대에 입단했다.

많은 사람이 과거보다도 나은 환경에서도 좌절하고 절망한다. 그 이유는 아마도 감사하는 마음이 없어서일 거라고 병지는 생각했다. 외부 환경을 바꿀 수 없다면 내면의 의식을 바꾸려고 했다. 넘어져서 상처를 입으면 더 크게 다치지 않은 것에 감사하였다. 감사하는 마음에서 기쁨이 샘솟고 활력과 도전하려는 의지가 생기는 것이다. 병지는 허공에 외쳤다.

"나는 항상 성공하기보다는 쓰러질 때마다 일어서겠다. 내 인생에 좌절은 없다."

팬들은 김병지의 특유한 머리 스타일, 전방을 향해 내지르는 고함, 활력이 넘치는 모습을 사랑하였고 환호하며 열광하였다.

2002년 6월 18일 대전 월드컵 경기장에서 한국과 이탈리아는 열띤 공세를 펼쳤다. 한국과 이탈리아가 일진일퇴를 거듭하던 전반 18분에 한국은 이탈리아에 코너킥을 허용하였다. 이탈리아 토티가 날렵하고 가벼운 몸놀림으로 둥근 축구공을 낮게 차올렸다. 반대편에서 이탈리아 비에리가 헤딩슛을 하려는 것을 본 최진철은 비에리의 유니폼을 잡고 늘어지면서 따라붙었다. 최진철의 방어에도 불구하고 토티가 차올린 둥근 공을 비에리가 정확하게 머리로 받아쳐서 정확하게 오른쪽 네트 구석으로 골인시켰다. 한국 팬들은 아쉬움에 한숨을 내쉬었다.

한국이 0-1로 뒤지고 있던 후반 17분 국가 대표 팀에서 14년간 활약해 온 노장 황선홍이 교체 투입되었다. 관중들의 환호를 받으며 경기에 출전하는 황선홍은 경기장으로 걸어 들어가면서 여유 있고 자신 있는 모습을 보여 주었다. 이 순간은 황선홍이 생애 100번째 국가대표팀 경기에 출전하는 시간이었다. 이날 출전으로 황선홍은 '국제축구연맹 센추리 클럽(FIFA century club)'에 들어가게 되었다. 국제축구연맹 센추리 클럽은 국제축구연맹이 공인하는 A매치를 100회 이상 출전한 선수들의 그룹으로 센추리클럽에 가입한 9명의 한국 선수로는 홍명보, 이운재, 이영표, 유상철, 차범근, 김태영, 황선홍, 이동국, 박지성 등이 있다. 열광하는 관중들이 응원을 담아 '황선홍'을 외쳐댔다. 황선홍의 역동적인 활약은 다른 선수들에게도 새로운 활력을 불어넣었다.

후반 43분 박지성이 설기현에게 패스하였다. 설기현은 왼발로 가볍게 감아 차 축구공을 정확히 이탈리아 골대에 골인시켰다. 설기현의 활약으로 기적 같은 동점 골을 만들었을 때 형기는 광장의 다른 사람들을 얼싸안고 뛰어다녔다. 아니, 대한민국 전체가 함성으로 들썩거렸다. 기쁨의 함성으로 대한민국이 흔들리는 것 같은 전율을 온 국민이 느꼈다고 해도 과언이 아닐 정도로 큰 감동의 순간이었다.

이규는 함성을 지르다가 걱정이 되어서 형기를 쳐다보았다. 기쁨에 도취해서 뛰어다니다가 형기는 고통스러운 듯이 인상을 쓰고 있었지만, 육체의 고통이 마음의 열광을 크게 줄이지는 못하는 듯이 보였다. 이제 월드컵은 많은 사람에게 열광적인 황홀감을 주고 있었다.

"형기야. 괜찮아?"

형기는 웃으면서 찡그린 얼굴로 대답했다.

"아프지만 너무 신나고 좋아요."

그들은 서로 마주 보며 행복한 웃음을 지었다.

2002년 6월 22일 광주 스페인전 승부차기에 들어가 4-3으로 한국이 앞선 상황에서 스페인 4번 키커 호아킨 산체스가 찬 공을 거미손 이운재가 막아냈다. 호아킨 산체스가 슛하면서 잠시 주춤하였는데 동물적인 감각으로 거미손 이운재가 골이 오는 방향을 간파하였다. 이어 나온 홍명보는 자신 있게 스페인 골 네트를 향해 둥근 공을 쏘아 올렸다. 마침내 한국의 4강 신화가 탄생한 것이었다.

"6월엔 아마 세계를 놀라게 할 것이다."

2002년 3월 13일 히딩크 감독은 이렇게 말했다. 그리고 한국의 태극전사들을 이끌고 그는 그 이상을 해냈다.

중학생들이 축구를 하고 있었다. 축구를 하는 형기는 거의 정상적으로 운동을 하고 있다. 그러나 이규는 불안한 마음으로 조심스럽게 보살피고 있었다. 같이 축구를 하는 동네 아이들도 형기를 이해하고 배려를 해 주면서 경기를 하고 있었다. 이사 온 지 얼마 되지 않은 철민이라는 아이는 축구를 꽤 잘했다. 하지만 철민이는 형기의 투병 생활에 관하여 아는 것이 없었다. 철민이가 자신의 기량을 과시하면서 골키퍼 형기에게 힘

찬 슈팅을 했다. 볼이 골문을 향하는 순간 이규는 아찔했다. 강한 축구공을 맞고 형기가 쓰러질지도 모른다는 불안감이 엄습했다. 이규가 형기를 보호하러 뛰어나가려고 했다. 그러나 형기가 몸을 던지면서 주먹으로 공을 쳐서 막아냈다. 골은 골대 멀리 허공으로 날아 올라갔다. 다른 아이들도 놀랐지만, 특히 이규는 형기가 몸을 일으키는 것을 보고 안도하는 표정을 지었다. 모두가 우렁찬 박수를 보냈다. 이규도 손바닥이 빨갛게 물드는 것도 모르고 손뼉을 쳤다. 형기의 자신감에 찬 표정이 멋지게 보였다. 철민이는 의아스럽다는 표정을 짓고 있었다. 자신이 찬 볼을 골키퍼가 한번 막은 것을 가지고 왜 이들이 열렬하게 손뼉을 치는지 알 수가 없었기 때문이었다.

만추의 태양이 작열하는 축구장 골문 앞에서 형기가 이규를 향해 손을 흔들고 있었다. 화답하여 손을 흔드는 이규의 눈망울에 형기의 모습이 어른거렸다.

도깨비불

대학교 친구인 영구를 못 본 지도 10년은 족히 되었다. 우리
는 서로 만나는 것을 꺼리게 되었는데 서로의 얼굴을 보면 떠
오르는 언짢은 추억 때문일 것이다. 문득 영구의 얼굴이 떠오
른 것은 컴퓨터에 매달려서 오락을 즐기는 아들 때문이다. 아
들이 즐기는 컴퓨터게임이 '도깨비불'이라는 것인데 수석 프로
그래머가 김영구였다. 2022년도 우리나라의 대표적 컴퓨터게
임으로 선정되었다는 기사를 신문에서 본 적이 있다. 그건 분
명히 내 친구인 영구의 작품이라는 것을 게임의 배경을 보고
느낄 수 있었다. 주인공이 갑옷을 입고 벚꽃이 만발한 산장과
묘지에서 파란 불덩이를 발사해서 괴수들을 쓰러뜨리는 내용
인데 화려한 그래픽이 환상적이었다. 주머니 속의 송곳은 기어
이 밖으로 나오는 모양이다. 그는 가벼운 조현병세를 보였었는

데 이제 재기를 한 것이다.

　지금은 평범한 월급쟁이가 되어 있는 나도 한때는 청운의 꿈을 품었었다. 그 시절에는 그랬다. 모든 것이 가능하다고 믿었었다. 때때로 지금도 가슴속에서 그때의 열기가 치솟아 오르곤 한다. 그러면 높은 산에 오르고 싶어진다. 영구도 나 못지않게 큰 꿈을 가슴에 안고 있었다. 호전성을 미덕으로 교육받아 온 나는 결코 도전을 피하지 않았다. 아버지는 싸움이란 인간이 살아가는 데 있어서 없어서는 안 될 필수적인 요소라고 생각했다. 외부의 적과 내부의 적을 이겨 내지 못하면 비참한 삶을 살게 된다고 가르쳤다. 승부에 묘미를 느끼게 된 것은 바둑을 배우면서부터였다. 바둑을 두면 내 또래는 물론이고 나보다 나이 많은 사람들도 나에게 패하였다. 간혹 처음 두세 번은 나를 이겼어도 결국에는 내게 패하였다. 적수가 나타나면 반드시 꺾었다. 영구와 나는 팽팽한 맞수였다.

　우리는 같은 대학에 입학했다. 같이 군대에 갔고 같이 제대한 후에 복학했다. 영구는 기술고시에 1차 합격을 했었고 나는 행정고시에 합격했다. 웬만하면 1차는 다 합격하였다. 그러나

2차 시험이 문제였다. 우리는 같이 산속으로 들어가서 공부를 하기로 의기투합하였다.

그 산장은 입구에서 보면 조용하고 아늑하게 보였다. 입구에서 산장 건물까지 이백 미터쯤 간간이 대리석이 박혀 있었는데 양옆으로 둥글게 가꾸어진 측백나무가 늘어서 있었다. 슬래브형 건물에는 이십여 개의 객실이 있었는데 이제는 사용을 하지 않아서 기괴하고 초라한 몰골이었으나 바로 앞에 심어진 늙은 벚나무의 흐드러진 꽃이 칙칙한 건물마저 밝게 만들고 있었다. 화려한 벚꽃의 흐드러짐 속에 숨어 있는 음울함은 기괴한 분위기를 연출했다. 여기에서는 공부에만 전념할 수 있을 것 같았다. 영구와 나는 주인을 불렀다. 몇 번의 외침이 있은 후에 무거운 몸을 이끌고 주인아주머니가 나타났다. 늘어진 턱살과 쭉 찢어진 눈매가 탐욕스럽게 보였다. 나는 우리가 여기서 지낼 수 있느냐고 물었다. 벌써 다섯 번째로 집에 대해서 문의를 하는 것이었다. 몇 군데의 절과 농장 관사에서는 거절당하였다. 앞치마에 손을 쓱쓱 문질러 대면서 아주머니는 거절했다.

"전에 대학생들이 살았었는데 매일 술을 마시고 난장판을 만들었어, 그래서 대학생들에게 방을 안 내줘."

우리는 거절당하는 것에 이미 익숙해져 있었다. 나는 간단히 대답하였다.

"그래요, 그럼 할 수 없군요."

우리가 다른 곳으로 가려고 하자 아주머니가 우리를 불러 세웠다.

"잠깐만, 학생들은 성실해 보이네, 한 번 믿어 볼 테니 조용히 지내도록 해봐요, 응."

아주머니는 탐욕스러운 얼굴에 천박한 미소를 지었다. 그리고는 지나치게 많은 돈을 요구하였다. 나는 흥정하는 것이 질색이어서 원하는 대로 돈을 다 주었다.

아주머니는 비어 있는 많은 방들 중 뒤쪽으로 돌아가서 제일 떨어진 방을 내주었다. 문밖으로 울창한 소나무 숲과 덤불이 있었다. 덤불 사이에 오래된 무덤이 서너 개 있었다. 방에는 퀴퀴한 냄새가 났고 습한 공기가 괴괴함을 더 했다. 우리는 책을 펴들었고 조용히 공부를 시작했다. 정신을 몰두하여 학습에 힘쓰지 않는다면 밀려드는 음산함으로 안정할 수 없는 분위기였다. 처음에 인상이 안 좋았던 아주머니가 간간이 산나물을 무쳐서 가져다주곤 해서 고맙게 생각되었다. 본 바탕이 유순하고 인정이 있는데 세파에 시달려서 인상이 변한 것 같았다. 때때로 작은 지네가 방안을 바삐 가로질러 갔다. 얼마 동안은 식사를 여기서 해결했는데 냄비 속에 바퀴벌레가 몇 마리 떨어지자 영구가 구역질해댔다. 그 후로는 식빵과 음료수로 저녁을 해결했고 아침과 점심은 학교에서 먹었다.

점차 이 생활에 진저리가 났고 영구도 질려버린 모양이었지만 우린 서로 버텨나갔다. 이 괴로운 시간은 인생의 여정에서 잠시 지나치는 짧은 고통의 과정이라는 생각을 하고 그 후에 올 영광의 나날을 생각하며 견뎌 나갔다. 두 달이 지나자 우리는 초췌한 모습으로 변했지만 눈은 광기로 빛났다. 나는 그즈음 공부가 잘되는 편이었고 이런 상태를 유지하면 다음 시험에는 어느 정도 합격할 자신이 생겼다. 잠시 졸다가 어느 날 영구가 흔드는 바람에 깼다.

"이규야, 무슨 소리가 들리지 않니?"

나는 졸린 눈을 크게 뜨면서 밖에 귀를 기울였다. 이상하다고 생각할 만한 그 어떤 소리도 들리지 않았다. 단지 빗방울이 나뭇잎을 치는 소리가 들릴 뿐이었다.

"빗소리를 말하는 거야?"

내가 퉁명스럽게 물었다.

"아니, 울음소리가 들렸는데, 여자 울음소리가……"

바보 같은 소리였다. 사람은 곧잘 자기가 믿는 바대로 자신을 만들어 가는 경우가 있다. 자기 최면이었다.

"난 아무 소리도 안 들리는데……"

영구도 귀를 기울이더니 고개를 끄덕였다.

"그래, 내가 잘못 들은 것 같아."

그래도 뭔가 의심쩍은 듯 고개를 갸웃거리다가 조심스럽게 입을 열었다.

"이규야, 너 이 집 아주머니 딸이 이 집에서 죽었다는 얘기 들었냐?"

"무슨 얘기야?"

"아까 낮에 들었는데 무슨 병으로 피를 많이 토하고 죽었다더라."

내 머릿속에서 어떤 여자가 피를 토하는 장면이 떠올랐다. 나는 몸을 부르르 떨었다. 그리 심약한 편은 아니었지만, 이 방안의 음산함이 나를 공포에 떨게 했다. 나는 침낭을 뒤집어쓰고는 숫자를 세기 시작했다. 영구도 뒤따라서 잠을 잤다.

다음날 도서관에서 책을 뒤적이다가 시내로 내려가서 친구들과 오랜만에 술을 마셨다. 술에 취했고 장맛비가 내려서 산장으로 올라가지 않았다. 의식이 흐릿할 정도로 술을 마시고 친구네 집에서 일어났을 땐 골치가 아팠다.

다음 날 저녁에 산장의 골방으로 돌아갔을 때 영구는 모습을 나타내지 않았다. 혼자서 지내는 밤은 고즈넉하였다. 빗줄기가 나뭇잎을 때리는 소리가 들렸다. 나는 생각을 하지 않으려고 애썼다. 일부러 소리를 내어서 책을 읽었다. 공포는 어디에서 오는가? 상상력에서 오는 것이다. 공포는 학습되는 것이 아닐까! 나는 기괴한 상상이 꼬리를 물면서 이어지는 것을 중단하고 수를 세면서 잠을 청하였다.

며칠간 영구를 보지 못했으나 나는 괘념치 않았다. 의지가 약해서 집으로 내려갔다고 생각했다. 나는 고시에 합격하기 전에는 집으로 들어가지 않기로 약속하였다. 나는 고집이 세기로 유명한 사람이었다. 자그마한 성공이 더 큰 성공을 끌어내는 법이었다. 자신감이 가장 중요한 성패의 열쇠인 것이다.

영구를 못 본 지 닷새째 되던 날이었다. 비가 오래도록 내려서 짜증이 났다. 눅눅한 방안의 습한 공기와 더위로 불쾌지수가 높아지던 날이었다. 집으로 내려가고 싶은 마음속의 유혹을 이겨 내기가 참으로 힘들었다.

도서관에서 피곤한 몸을 이끌고 산장으로 향하였다. 어둠 속에서 더듬더듬 내 방으로 가다가 옆쪽으로 고개를 돌렸다. 언뜻 무언가 본 것 같았다. 소나무 숲 덤불 위를 보았을 때 나는 온몸의 털이 곤두서는 것을 느꼈다. 파란 불덩이 세 개가 천천히 유영하고 있었다. 안개비가 내리는 여름밤에 나는 공포로 얼어붙었다. 믿을 수 없어서 눈을 가늘게 뜨고서 봤으나 착시현상이 아니었다. 분명히 실재하는 도깨비불이었다. 그 불덩이들이 천천히 내게로 다가온다고 생각되었던 것 같다. 나는 의식이 희미해졌다. 거기서 기억이 끊긴 것을 추정해 보면 아마도 나는 까무러쳤던 것 같다.

며칠 후에 나는 집에서 깨어났다. 아주머니가 집으로 연락을 해서 나를 옮겨온 것이었다. 가족들은 내가 과로로 졸도한 것으로 알고 있었다. 나는 굳이 해명하지 않았다. 영구도 과로로 신경쇠약 증상을 보인다고 전해 들었다. 영구는 나와 같은 경험을 했음이 틀림없다.

누군가가 도깨비불을 보고 싶다면 나는 그에게 한라산 중턱에 있는 그 산장의 뒤편 소나무 숲을 권하고 싶다. 비가 오는 날 밤에 거기에 가면 분명히 조용하게 움직이는 크나큰 도깨비불을 볼 수 있으리라.

뇌와 존재의 궁극을 향하여:
신은 주사위를 던지지 않는다

변의수(시인·예술평론가)

뇌와 존재의 궁극을 향하여:
신은 주사위를 던지지 않는다

변의수(시인·예술평론가)

1.

"신은 주사위를 던지지 않는다. 거시물리의 세계에서 모든 것은 이미 정해져 있으며 만물은 정해진 경로를 가고 있을 뿐이다. 운명은 정해져 있으며 아무도 바꾸지 못한다. 신은 주사위를 던져서 경로를 결정하지 않는다. 법칙이 경로를 결정한다. 나는 그 경로를 미리 엿봤을 뿐이다."

작품의 주요 인물 김일규 박사의 말이다.

작중 화자에 의하면, 김일규 박사는 일론 머스크를 100명은 합쳐 놓은 인물이라고 한다. 일론 머스크는 삶의 의미와 목적에 대한 의문으로 우울증을 겪으며 SF, 논픽션, 철학서, 백과사

전 그리고 자연과학에까지 온갖 독서에 빠져든 뒤에 일약, 민간 우주기업 스페이스X를 창립하고 테슬라의 총수가 된 놀라운 사람이다. 우주와 인간의 본성을 규명해 나가는 김일규 박사는 그런 평가를 받을 수 있다.

초신경망 인공지능의 인조인간에 대한 언급에서 작중 화자는 '광물성과 단백질'에 관하여 피력한다. 요지는 이러하다. 인간을 복제하는 인공지능은 그간에 연구해 온 광물성 소재로는 불가능하다. 인간처럼 사고하기 위해서는 먹고 즐기는 본능적 욕구와 욕망이 전제된다. 하지만 욕망은 광물성 소재로는 원천적으로 구현할 수 없다. 단백질 소재로만이 가능하다. 그런데 단백질 소재를 사용하는 순간 인간 복제의 문제로 넘어간다. 하지만 세기의 박사 김일규는 초자아 신경망을 개발하여 인간 복제의 문제를 해결해 냈다. 김일규 박사는 그러한 불가능한 난제들을 신적인 직관(intuition)으로 간결히 정리하여 해결한다.

독자는 또한 작가의 번갯불 같은 통찰의 표현들에 힘입어 소설의 중심을 지탱하고 있는 '빅마더'를 친숙한 존재로 받아들일 수 있을 것이다. 빅마더는 김일규 박사의 창조물로 전 세계에 296개가 있다. 이 모든 개방적인 빅마더는 하나가 되어 지구를 통제하고 관리한다.

  김현우 요원이 김일규 박사의 죽음을 조사하는 과정에서 얻어낸 빅마더의 답변에서 우리는 김일규 박사의 연구 활동과 방향을 짐작할 수 있다. 물론, 빅마더의 답변이 이 소설 「신은 주사위를 던지지 않는다」를 쓴 강병철 작가의 사회학적 이념이자 작가정신이기도 함은 미루어 짐작할 수 있을 것이다.

  "빅마더는 인류의 정치, 사회, 문화 활동에 직접 간섭하지 않지만, 독점적인 절대권력이 등장하는 것을 방지하며, 모든 견고한 조직을 느슨하고도 유연한 형태로 변화시켜 나가고, 사회구조와 힘의 다극화 그리고 문화적 다양성이 유지되도록 노력합니다. 또한, 인류의 안전을 보장하며 인간 생활의 보편적 향상을 추구합니다."

  빅마더의 진술에는 김일규 박사가 추구하는 국가나 사회의 모습이 잘 드러나 있다. 그것은 개인적 다양성과 다채로움이 존중되는 사회이다. 그런 사회의 모습은 플라톤이 『이상국가』에서 표방한, 조화를 바탕으로 한 철인의 통치 사회와 흡사하다. 이 소설에서는 철인이 아닌 김일규라는 휴머니스트가 빅마더라는 시스템을 통해 구현한다는 점이 다르지만 본질 면에서 인본주의적 정신이 사회 운영의 주체이자 핵이라는 점에서 같다고 할 수 있다.

2.

강병철 작가의 「신은 주사위를 던지지 않는다」는 뇌의 우주를 펼쳐 보여 주는 소설이다. 인간은 천체에 존재하는 생물의 한 종이다. 이런 존재가 우주의 주인인 듯 행세를 하게 된 건 해부학적으로 사고할 수 있는 기능의 뇌를 갖게 되었기 때문이다. 만약에 인간이 감각 지각만으로 다른 생명체들과 대결하였다면 인간은 벌써 도태되어 사라졌을 것이다. 이러한 사고의 중요성에도 불구하고 아직 대학에는 사고를 연구하는 학과가 설치되어 있지 않고, 사고를 전적으로 탐구하는 학문조차 없는 실정이다.

사고에 관해선 기원전 아리스토텔레스의 논리학 저작물인 「오르가논(Organon)」에서부터 오늘날 인공지능을 연구하는 인지과학에 이르기까지 제 학문 분야에서 일정 부분씩 연구되어 왔다. 하지만 그러한 능력이 구현되는 뇌의 기능과 작용시스템에 관해서는 무심했다. 아니, 관심을 가질 생각조차 하지 않았다는 것이 옳을 것이다.

인간의 뇌 기능을 본격적으로 연구하기 시작한 건 칸트에 이르러서다. 칸트는 전대미문의 구상과 기획으로 인간의 지식 탐구 능력을 개진했다. 그는 사고의 과정과 기능을 더 이상 구현할 수 없을 만큼 정치하게 기술했다. 그 기념비적인 저서가 『순수이성비판』이다. 오늘날 뇌과학과 인공지능 개발자들은 칸트의 선구적이며 본질적인 연구에 존경심을 갖고 있다.

「신은 주사위를 던지지 않는다」의 김일규 박사 역시 칸트의 학문적 연구 세례를 받았을 것이다. 물론, 소설 속 김일규 박사는 칸트의 연구를 지난 세기의 유물로 간주할 만큼 엄청난 깊이의 진보를 이루었다. 그런데, 칸트 이후 사고의 연구는 칸트를 왜곡하거나 훼손하는 작업이었을 뿐, 발전시켜 나가지는 않았다. 베르그송이나 칼 융 같은 이들이 직관(intuition) 세계에 관해 겨우 입을 열기 시작했지만 이 역시 행동주의 심리학자들을 각성시키기엔 역부족이었다. 오늘날 김일규 박사의 뇌과학의 선구적 기초연구인 인지과학은 인류가 우주 탐사를 시작할 무렵에야 태동했다. 그리고 다시 30여 년이 지나 인간의 뇌 연구 개발이 본격화되었다.

빅마더가 얘기하듯 "20세기에 미국이 가장 많은 연구비를 지출한 곳이 두뇌 연구 사업"이다. 그런데, 1990년대 들어 먼저 유럽에서 10억 유로짜리 '인간 뇌 프로젝트(Human Brain Project)'가 시작되었다. 그것은 수학적 이론을 바탕으로 인간 뇌의 시뮬레이션을 성공시키겠다는 계획이다. 그리고 미국은 MIT 공대 승현준 교수를 중심으로 뇌신경망 지도 제작에 돌입했다. 2012년 4월의 어느 아침 백악관의 이스트 룸에 모인 신경과학자들 앞에서 오바마 대통령은 미국의 21세기 원대한 도전으로 뇌 연구 개발과 인간 정신의 이해를 근본적으로 변혁하자는 취지의 연설을 했다.

평행우주론의 창시자 미치오 카쿠(Michio Kaku) 교수는, 미국 정부의 인간 커넥톰 프로젝트(Human Connectome Project) 리더의 한 명인 승 교수와 연구원들이 몇 세대가 걸릴지도 모를 프로젝트에 전력을 기울이고 있음에 주목했다. 그런데 이러한 미국의 기획이 성공하려면, 뉴런들의 신경생물학적 신호 작용은 의미론적 해석을 통해 기호의 생성과 그 작용인 사고에 대한 연구로 이행되어야 한다. 신경생물학적 연구나 뇌지도를 제작하는 커넥톰이 뇌의 기능과 작용에 대한 이해인 것과 달리, 사고는 뇌 기능에 의해 생성된 의미 기호를 인과적으로 연결하는 수의적 기술의 세계이기 때문이다.

오늘날 인류는 자연과 우주에 대한 천문학적 지식을 쌓아가고 있다. 하지만 정작 결한 것이 인간 자신에 대한 지식이다. 특히, 사고에 관한 연구는 아직도 신화적 안개에 싸여 있다. 인지과학자 질 파우코니에르와 마크 터너는 "과학자, 공학자, 수학자, 경제학자들은 매우 인상적인 지식과 기술을 갖고 있다. 하지만, 그들이 어떻게 그처럼 사고하는지는 모르고 있다. 진화는 우리가 인지의 본질을 직접 보지 못하도록 설계해 놓은 것 같다. 인지과학은 감추어진 정신의 능력을 밝혀내어야 하는 어려운 상황에 놓여 있다."고 말한다. 그리고 세기의 인지과학자이자 철학자 제리 포더(Jerry Fodor, 1935-) 교수는 이렇게 말한다.

촘스키의 화법을 빌리자면, 심적 과정이 어떻게 동시에 실행 가능하며 귀추적이고(필자의 '통찰') 기계적(필자의 '추론')일 수 있는가는 '불가사의'다. 이 문제는 의식이라는 수수께끼와 함께 마음에 관한 두 개의 궁극적 불가사의처럼 보인다. 하지만 비탄에 젖을 필요는 없다. 분명 누군가가 조만간 그런 이해에 도달할 테고, 진보는 계속될 것이다.

　그런데 제리 포터 교수 같은 이의 염원과 기대가 한 영웅적 과학자에 의해 실현되었다. 그가 바로 김일규 박사이다. 인간이 인간일 수 있는 가장 특징적인 표징은 대상에 대해 생각하는 일이다. 인간의 형제인 동물도 생각하는 뇌와 능력을 가졌다. 하지만 그들은 감각 지각 능력의 발달에 주력했다. 그들과 달리 인간은 감각 지각을 지식화하여 연결하는 사고를 발달시켜 왔다. 그것은 신이 인간에게 부여한 의미 있는 축복이다. 이제 인간은 그 소임을 찾아 나서야 한다. 그럼에도 지금까지 인류는 그러한 사고 능력을 우주의 지배와 이기적 탐욕을 실현하는 수단으로 사용했다.

　시인이자 소설가인 강병철 박사는 「신은 주사위를 던지지 않는다」에서 그러한 문제에 경종을 울리고, 인간의 휴머니즘적 본성을 찾는데 인간의 뇌를 활용하는 두 명의 인물을 내보인다. 그 두 사람은 김일규 박사와 김현우 특수요원이다. 두 인물은 같은 부모의 유전자를 이어받은 형제이다. 그런데 태어나면서 각각 다른 환경에서 자라고 교육되어 소설의 후반부에서 서로가 형제라는 사실을 알게 된다.

두 사람은 한 부모의 DNA를 이어받은 영향으로, 성장하면서 뇌과학과 생명과학 그리고 존재론적 사유에 깊은 관심을 갖는다. 한편, 동생 현우는 김일규 박사의 세계적 연구 성취에 관심과 질투를 일으키며 이를 에너지로 삼아 지적 성장을 이룬다. 그리고 김일규 박사가 살해되자 그 사건을 추적하게 된다.

강병철 작가는 이러한 형제의 인물관계 속에 인간의 뇌과학적 학문의 발전과 지성의 함양 그리고 휴머니즘을 고취하는 스토리 라인을 구성해 선보이고 있다. 특히 인간사회에서 이해할 수 없는 전쟁과 테러들이 끊임없이 일어나고, 이유 없는 살인과 살육이 곳곳에서 난무하여 인간의 존엄이 상실되고 인류사회의 공동체적 삶이 무너지는 황폐한 상황에서 강병철 작가의 소설 「신은 주사위를 던지지 않는다」는 매우 시의적절한 작품으로 그 주제적 의미가 특별하다 하겠다.

3.

뇌는 우주를 모방한 모듈이다. 우주가 끝이 없듯 뇌의 우주 역시 무한한 탐구의 대상이다. 인간이 어떻게 해서 현재의 뇌를 갖게 되었는지 모르나 단지 오랜 진화 과정의 산물로만 정리하기에는 너무나 놀라운 점이 많다. 인간의 뇌는 신의 가장 완전하고도 아름다운 창조물이라 할 수 있다. 우주 모방에서 나아가 우주를 이해하고 하나의 동일체가 되려 한다는 점에서 인간의 뇌는 무언가 현재 이상의 어떤 소임을 수행하기 위해 창조된 것이 아닌가 하는 생각을 갖게 한다. 그런데 강병철 작가는 우리 뇌와 우주의 상호관련성에 관한 비밀스러운 열쇠를 자신의 시를 통해 비춰 보여 준다.

지하를 다스리는 여장군

그의 머리를 지하로 향해

모든 것의 근원인 대지가

그의 머리를 덮고

하늘을 향한 대장군

여장군 위에 설 때

여명의 빛이 비치며

내 의지가 이루어질 것이니

뜻한 대로 될지어다

김일규 박사는 목각 인형 천하대장군과 지하여장군에 그의 비밀을 시로 새겨놓았다. 모든 것은 말하는 대로 이루어진다. 언어와 창조적 현전의 관계에 대해 김일규 박사의 대리자인 빅 마더는 말한다. "결국, 태초에는 말씀, 혹은 생각이 있었다는 것이지요. 이 세상은 모든 것이 허구인 가상의 세계예요. 너무나 정교해서 아무도 알아챌 수 없는 거죠."

　우주는 말하고 있다. 우주의 언어는 형상이요 현전이다. 우리의 '뇌'는 그러한 우주를 '천하대장군과 지하여장군'의 목각 인형처럼 비밀스레 복사하고 있다. 한편 그 이전에 우리의 뇌는 우주의 신에 의해 기획되고 복사되어진 것이다. 우주와 우리 인간의 현재는 그렇게 재현되고 있다. 세기의 인물 김일규 박사는 '결정론적 우주관'을 통해 그러한 우주의 비의를 언급한다. 작가의 흥미로운 우주론적 아이디어는 복잡하지 않다. 작가는 심플하게 문제를 풀어내어 제시한다.

　소설에서 김일규 박사는 자신의 '우주 결정론'을 미래 예측 실험을 통해 입증한다. 일례로 김일규 박사는 한정수라는 회사원에 대한 미래 예측 연구를 시도했다. 물론, 김 박사와 한정수는 전혀 모르는 관계이다. 김일규 박사는 한정수에 관한 여러

사항들을 조사했다. 그의 침대 높이, 키, 체중, 취미, 잠옷의 색깔, 방안의 습도와 온도, 회사까지의 거리 등등 온갖 것들을 수집하고 검토했다. 그리고 김 박사는 컴퓨터로 정확히 그의 행로를 구해 내었다. 한편, 2030년 7월 12일 4시 45분 한정수는 교통사고로 사망했다. 그런데 김일규 박사는 한정수 씨의 사망 발생 이틀 전에 모든 예측을 끝냈다. 엄청난 계산이 필요했지만 그는 결국 성공했다.

그런데, 나아가 김일규 박사는 상상할 수 없는 또 하나의 특별한 실험을 시도했다. 그것은 자신의 몸을 실험 도구로 사용한 것이었다. 여성 신문기자 죠세핀 베이커의 기사와 면담에서 밝혀진 내용이다.

그날 김일규 박사는 술을 아주 많이 마셨어요. 그리고는 코스모스 빌딩 29층에서 떨어져서는 19층 성조기 계양대에 옷자락이 걸려서 매달려 있다가 다시 떨어졌죠. 그리고 마침 아래를 지나가던 선전용 애드벌룬 차량에 떨어져 아무런 상처도 입지 않았어요. 발표한 것처럼 그때 김일규 박사께선 사전에 그 일련의 과정들을 전부 계산했고, 그리고 박사님은 그 계산이 맞다는 것을 스스로 자신이 확인한 것뿐이라고 말했지요. 어떤 신문에서는 박사님이 자살을 시도한 것 같다고 했지만 전혀 근거 없는 소리예요. 자신의 목숨을 걸고 실험을 했던 거예요. 그만큼 미래 예측에 자신이 있었던 거예요.

사례를 통한 이러한 단도직입적 주제로의 진입과 제시는 독자들 또한 같은 사례를 실험해 보고 싶은 욕구를 일게도 할 것이다. 작가는 심오하고도 난해한 소재와 주제의 내용을 아주 심플한 방식으로 명쾌하게 제시한다. 소설적 아이디어의 번득임은 그의 소설 전체를 지배하고 있다. 작가는 마치 예정된 필연을 풀어내 보여 주듯 이야기한다.

자칫 우주과학적 소재와 생명공학, 인공지능의 소재들이 단순히 공상적 판타지의 세계로 치부될 수도 있다. 사실은 거의 대부분의 SF작품들이 그러한 범주적 창고의 카테고리로 분류되고 있다. 그런 위험성과 달리 강병철 작가의 「신은 주사위를 던지지 않는다」는 탄탄한 뇌과학적 지식은 물론 인문학적 사유에 기반하고 있다.

4.

소설의 제목 '신은 주사위를 던지지 않는다'는 현대물리학계의 중요하고도 핵심적 논제의 하나이다. 오늘날 과학자들은 흩어진 세계의 조각들을 하나의 그림으로 짜 맞추려 애쓴다. 강한 핵력과 전자를 유인하는 약력, 사물과 사물이 당기고 밀치는 전자기력, 미약하기 그지없으나 무한한 우주를 휘어잡는 중력의 힘. 이것들이 어떻게 하나의 안정된 공간을 이루는지 설명하려 한다. 과학의 궁극 목적은 그러한 다중성의 우주를 해석하는 단일의 이론을 만드는 것이다. 그것은 기존의 이론을 포괄하는 배면의 본질적 원리를 찾아냄으로써 가능하다.

불확정성원리에 의하면 고전물리학의 결정론이 적용되지 않는 양자계의 속성으로 인해, 양자의 위치와 운동량을 동시에 정확히 측정할 수 없다. 그런데 아인슈타인은 두 개의 입자로 구성된 물질을 반대 방향으로 분열시켜, 제1입자는 위치를 측정하고 제2입자는 운동량을 측정함으로써 서로 반대편으로 날아가는 입자들에 영향을 미치지 않고 입자의 운동량과 위치를 정확히 측정할 수 있다고 주장했다. 그리고, 보어가 지지하는 불확정성원리를 향해 아인슈타인은 '유령 같은 원격작용'이라며 '신은 주사위 놀이를 하지 않는다'고 비판했다. 하지만 1965년 존 벨의 수학적 부등식 유도 실험 등은 보어의 입장을 지지하는 쪽으로 나타났다. 그리고 아인슈타인에 대한 숙명적 비판자인 닐스 보어는 신이 주사위로 무엇을 하든 상관할 바가 아니라고 응수했다.

김현우의 조사 자료에는 김일규 박사가 아인슈타인의 통일장 이론의 구상을 살펴보기 위해 이스라엘의 히브리대학을 젊어서 찾아간 일이 기록되어 있다. 그런데 김일규 박사의 방문은 아인슈타인과 관련 인사들의 구상이나 물리학적 견해를 얻기 위해서가 아니다. 김일규 박사는 이미 통일장 이론을 그의 뇌의 우주 깊은 곳에 기록해 두었고, 단지 외부 학계의 연구 수준 검증을 위해 갔던 것에 불과하다.

김일규 박사는 철저한 결정론적 물리학 사상가이다. 모든 것은 우주의 시작과 함께 기록되고 언급되어 있다는 것이 그의 생각이다. 이것은 그의 철학이라고 하기 전에 그의 DNA에 뚜렷이 새겨져 있어 자신은 그것을 눈으로 보듯 인지하고 있다고 생각한다. 김일규 박사는 말한다. "빅뱅의 순간에 모든 것은 결정되지. 과거와 현재 그리고 미래를 바꿀 수 있다는 생각은 망상이야. 모든 것은 빅뱅의 순간에 정해졌지." 소설의 주요 주제의 하나인 '필연적 우주론'처럼 소설의 시공간과 언표들은 이미 존재한 기호의 현전화이다.

소설의 물 흐르는 듯한 스토리 라인의 전개에서 보듯 작가의 소설 진행은 망설임이 없다. 강병철 작가는 우주와 존재의 비밀에 관해 보여줄 것이 너무 많다. 그러한 넘치는 사유와 에너지가 소설의 진행을 계곡물처럼 흘러내리게 한다. 모든 것은 '예정'되어 있으며, 말하는 대로 이루어진다. 진술에 단절이나 반복 혹은 머뭇거림이 없다. 그리고 무수한 복선과 암시가 작품에 그물망처럼 얽혀 있다.

강병철 작가는 대단한 구상력으로 신의 우주를 펼쳐 보여 준다. 필연성을 주장하는 그의 뇌 역시 세계의 탄생과 함께 설계가 끝나 있었다. 작가는 그런 우주적 신의 세계를 김일규라는 과학자를 통해 보여 준다. 그의 뇌는 읽지 않는다. 김일규 박사는 개념이라는 간접적 기호나 형상들로 추론하지 않는다. 몸으로 인지한다. 그의 뇌는 신의 현전이요, 우주의 본성 그것이라 할 수 있다. 그는 신의 현전을 볼 수 있고 신의 명령을 실행할 수 있다.

5.

　강병철 작가의 「신은 주사위를 던지지 않는다」는 인간의 본성에 초점을 맞춘 인문과학 소설이다. 가상의 세계가 현실화된 지금의 시대에 군이 SF(Science Fiction)라는 용어를 사용할 필요는 없을 것이다. 이미 우리의 21세기는 과학기술과 가상의 세계가 고도로 융합되어 SF라는 표현은 진부해졌다. 우리 인간은 우주의 새로운 세기를 항행하고 있다. 이러한 지금의 상황에서 'SF'는 낡은 고전적 용어가 되어버렸다. 과학과 존재론적 탐구가 결합된 강병철 작가의 「신은 주사위를 던지지 않는다」는 그 사례적 작품이라 할 수 있다.

　작가의 「신은 주사위를 던지지 않는다」는 더없이 짙은 인간애를 드러내 보여 준다. 흑장미 정보원과 그의 처의 오빠인 데니 정보원의 관계와 삶은 읽는 이의 가슴을 애잔하게 한다. 특히 흑장미 정보원은 비극적인 휴머니스트로 그려져 있다. 그는 철십자 단원이다. 철십자단은 히틀러가 1945년에 역사의 베일 속으로 사라지면서 만든 비밀조직이다. 하지만 어떤 조직이나 기구이든 겉으로는 인간 사회를 이롭게 한다는 휴머니즘적 이념이나 선전 문구를 내세우지 않는가. 그가 철십자 단원이 된 이유를 추정해 볼 수 있는 대목이다. 철십자 단원이 되기 전 그의 전력에서도 그의 기구한 삶은 드러난다. 그리고 여동생 남편에 대한 데니 요원의 짙은 고뇌와 인간애 역시 엿볼 수 있다. 앞서 언급했듯 작가의 치밀한 암시와 복선의 효과이다.

엔터프라이즈호의 제2함장 역임. 미 정보국 우주 제1정보팀장으로 근무하다 갑자기 발작을 일으킨 후 정서장애를 일으켜 퇴직함. 이후 불분명한 이유로 철십자단에 포섭되어 인위적으로 비정상적인 행동을 하는 것으로 보임. 우주 개척자로 지구를 떠났어야 할 인물인데 어떤 이유로 인지 추방되지 않고 있음. 대 태양계 우주 정보 일인자임

미국은 김일규 박사의 죽음을 자기들의 국가적 이익을 위해 철저히 숨기고 김일규가 만든 대역의 인조인간을 이용해 자국의 이익을 도모하려고 한다. 그런 기만적 계획을 흑장미는 정보 판매 형식을 취하여 폭로한다. 그리고 자신의 행위가 드러나자 19층 아래로 투신한다.

그가 "쓰레기는 내가 아니라 너희들"이라며 창밖의 허공으

로 몸을 던진 건 단지 수중의 골드바를 지키기 위해서가 아니다. 그는 나름의 인류애적 가치와 정의를 지키고자 한 것이었다. 그의 쓸쓸하고도 비극적인 종말을 작가는 주인공 김현우의 상념을 통해 독자로 하여금 오래도록 음미하게 한다.

"유리가 깨어지고 몇 초까지 그는 공중을 나는 쾌감을 맛보았을까, … 아마 마지막 쾌감일 것"이라며 김현우는 특수요원으로서 훈련을 위해 낙하산을 메고 자신이 비행기에서 점프하던 순간의 공포와 그리고 지상으로 내려갈수록 추해 보였던 인간과 지구 현실의 기억을 떠올렸다.

작가는 흑장미 요원의 투신을 김현우의 상념을 통해 페이드아웃 형식으로 처리함으로써 비극적 여운이 오래도록 이어지게 한다. 작가의 기교적 특징이 돋보이는 부분이다. 한편으로, 데니 요원 또한 흑장미 정보원이 철십자단 요원으로서 적대적 관계에 있었지만, 비밀리에 그의 허물을 가리고 숨겨 준다. 물론, 자신에게 닥쳐올 엄청난 위험과 불이익을 감수하고서였다. 그것은 흑장미 요원이 단지 그의 여동생의 남편이라는 점에서가 아니라, 흑장미가 인간적으로 나쁜 놈이 아니었음을 암시한다. 그리고 데니 요원은 스스로 자신을 징벌한다.

물론, 작가는 그의 매제의 죽음에 대한 데니 요원의 자책감을 직접 드러내 보이지 않는다. 강병철 작가의 소설 방식이다. 하지만 그럼으로써 데니 요원의 아픔이 더욱 효과적으로 살아나는 것이 사실이다.

　　"나는 이 사건의 책임을 지고 목성 개척지로 지원하려고 합니다. 이 직업에도 이젠 이력이 났거든요. 내 아내도 목성으로 가는 것을 찬성했습니다."
　　목성으로 간 사람들은 좁은 거주지 환경에서 오는 구속감과 권태 때문에 정신이상 증세를 곧잘 일으켰다.

　강병철 작가는 데니 요원의 고통을 김현우의 심경을 통해 간접적으로 그려 낸다. 데니 요원의 결단에 김현우는 혼잣말을 하듯 건네었다. "다른 사람들을 진정으로 사랑하는군요! 그것이 어떻게 가능할까요? 제가 생각하기에는 인간이 다른 어떤 것도 진정으로 사랑할 수 없는 것 같은데……."
　작가는 각 시튜에이션들에서 과장됨이 없이 인물들에 대한 심리를 묘사한다. 이 모든 사건의 진행과 인과 관계적 상황들을 조금의 오버 액션이나 망설임이 없이 깔끔한 구성과 문장으로 펼쳐 보이고 있다.

6.

김현우는 인류의 역사가 극단의 폭력으로 이루어졌다고 생각했다. "그들은 국가와 민족 그리고 신의 이름으로 극단의 폭력을 아름다운 언어로 미화시켰다. 현인들은 비폭력, 무저항 그리고 인간의 양심에 호소하여 사랑의 언어로 모든 문제를 해결하려 했다. 그러나 효과를 거두지 못했다." 이것은 김현우 요원의 생각이자 작가의 목소리라고 해도 좋을 것이다.

"편협한 국수주의, 지역주의, 인종주의가 인류를 망쳐왔고 지금도 그러고 있어요." 김일규 박사의 대리자 빅마더의 언급에 김현우는 "흑인이든 백인이든 누군가가 고통을 받으면 그 고통이 내 자신의 고통이 되는 것"이라고 이어받았다.

김일규 박사는 고독하고 불행했다. 그는 여러 가지 종교를 믿었다. 그러나 오래가지 않았다. 그는 사람을 사랑하지 않았다. 그가 사랑한 것은 비둘기였다. 김일규 박사는 실존적 존재로서의 인간이 아닌, 인간이 지향해야 할 이념으로서의 존재를 사랑했다. 때로 김일규 박사는 혼자 공원에 나가 비둘기에게 먹이를 주며 휴식을 취했다.

김일규 박사는 사고와 기억의 비밀을 밝혀낸 후 육체를 버릴 결심을 했다. 그리고, 감성적이며 이성적으로 사고하는 인간의 형태로 존재하길 원했다.

일찍이 시인 존 던(1572-1631)은 기도 시편 「누구를 위하여 종은 울리나」에서 "인간은 누구도 섬이 아니다. 모든 인간은 대륙의 일부이다. 어떤 사람의 죽음도 나의 일부가 사라지는 것과 같다. 왜냐하면, 나는 인류에 속해 있기 때문"이라고 했다.

그리고, 좌뇌 손상을 입은 미국의 신경해부학자 질 테일러(1959-)는 이렇게 말했다. "나는 이 모든 것의 일부이다. 이 행성에 사는 우리는 모두 형제자매다. 우리가 여기 존재하는 이유는 세상을 더욱 다정하고 평화로운 곳으로 만들기 위해서이다."

우주론자들의 이야기와 고대 「천부경」의 기록자, 현대의 양자물리학자들의 통찰은 놀랍게도 그 본질에서 동일함을 본다. 파르메니데스의 견해 역시 우리가 살아가는 자연이나 세상은 환영이나 가상(doxa)에 불과하다. 장자는 나비의 꿈이 실존의 삶과 같음을 인식했다. 불교의 공 사상과 유식철학의 마음론은 모두가 현실이 하나의 환영임을 언급한다.

2015. 2. 6. 나사의 탐사선 'Dawn'은 화성과 목성 사이에 있는 미지의 천체로 알려진 왜소행성 세레스의 궤도에 진입했다. 푸른 지구로부터 7년 5개월여의 비행을 거쳐 우주의 새벽을 찾아 나선 것이다.

이제 김일규 박사와 김현우 그리고 죠세핀 베이커가 '인터스텔라 아스트로노머(Interstellar Astronomer)'호를 타고 목성의 궤도를 벗어나고 있다. 김일규 박사의 염원대로 그들은 검은 장막을 헤치고 지식의 바다, 우주를 항행해 나아가고 있다. 생명의 근원 존재의 비밀을 찾아서.

강병철 소설

신은 주사위를 던지지 않는다

저　자 | 강병철
발행자 | 오혜정
펴낸곳 | 글나무
주　소 | (04551) 서울시 은평구 진관2로 12, 912호(메이플카운티2차)
전　화 | 02)2272-6006
등　록 | 1988년 9월 9일(제301-1988-095)

2023년 11월 24일 초판 인쇄 · 발행

ISBN 979-11-87716-96-9 03810

값 15,000원

* 이 책은 2023년 제주문화예술지원사업으로 발간되었습니다.